Alexandra Ivy

Baine

Les Dragons de l'éternité – 1

Traduit de l'anglais (États-Unis) par Hélène Assens

Milady

Milady est un label des éditions Bragelonne

ISBN : 978-2-8112-1676-4

Bragelonne – Milady
60-62, rue d'Hauteville – 75010 Paris

E-mail : info@milady.fr
Site Internet : www.milady.fr

Alexandra Ivy vit avec sa famille à Ewing, dans le Missouri. Elle dit avoir découvert la passion de la lecture en se rendant à la bibliothèque, avec les aventures de Nancy Drew. Elle demeure une grande passionnée de lecture.

Du même auteur, chez Milady :

Les Gardiens de l'éternité :
1. *Dante*
2. *Viper*
3. *Styx*
4. *Cezar*
5. *Jagr*
6. *Salvatore*
7. *Tane*
8. *Ariyal*
9. *Caine*
10. *Santiago*
11. *Roke*
12. *Cyn*

Les Sentinelles :
1. *Forgé dans le sang*
2. *Tueur de sang*

Les Dragons de l'éternité :
1. *Baine*

À tous mes fidèles lecteurs qui ont inspiré
Les Gardiens *durant toutes ces années.*
J'espère que vous aimerez mes dragons tout autant !

Chapitre premier

— Les stores sont-ils baissés ?

Tayla esquissa un sourire au son de la voix à l'accent français qui lui parvint depuis le grenier.

— Je m'en occupe, répondit-elle en appuyant sur un bouton près de la porte.

De minces écrans descendirent sur les fenêtres, bloquant la lumière directe du jour tout en lui permettant d'y voir clair. Un aménagement additionnel qu'elle avait fait installer la semaine précédente. Elle avait beau être une sidhe qui adorait que les chauds rayons brillent dans chaque pièce, son invité actuel se transformait littéralement en pierre au soleil.

Elle n'avait pas cherché d'ami. En fait, elle n'avait même pas cherché de maison.

Après tout, elle avait passé les vingt-cinq dernières années en cavale, constamment consciente d'être traquée.

Cette impression accablante d'être suivie avait constitué un nuage noir au-dessus de sa tête, l'obligeant à changer sans cesse de planque.

Mais à la seconde où elle avait aperçu la vaste demeure victorienne située au sud de Chicago, elle n'avait plus pu se la sortir de l'esprit.

Le bâtiment de deux étages arborait les ailes et les baies habituelles, ainsi qu'une grande véranda, un toit à pignons et des moulures tarabiscotées. Peint d'un joli rose et équipé de volets blancs, il était entouré d'un immense jardin et de vignobles vallonnés qui procuraient un paisible sentiment d'isolement.

C'était charmant.

Serein.

Et tout ce dont elle avait jamais rêvé.

Sans compter l'avantage supplémentaire d'être un endroit parfait pour ouvrir un élégant salon de thé.

Cédant à une impulsion rare, Tayla avait acheté la propriété et payé une sorcière pour venir l'envelopper de plusieurs sorts de camouflage. En tant que sidhe, elle possédait sa propre magie fae – en l'occurrence, ensorceler ses pâtisseries raffinées pour que ses clients y deviennent accros – mais ne pouvait pas créer de sortilèges complexes.

Elle devait s'assurer que son poursuivant – à condition qu'il n'y en ait qu'un – ne pouvait pas discerner sa présence si elle voulait rester au même endroit plus de quelques jours.

Au cours des derniers mois, elle n'avait pas regretté sa décision de poser ses valises, même si elle avait découvert qu'elle n'aimait pas être seule la nuit dans cette grande maison.

Elle n'avait pas peur. Pas exactement.

C'était plutôt qu'elle était… agitée.

Ce qui expliquait certainement pourquoi elle s'était laissé convaincre par la gargouille naine qui s'était présentée chez elle à l'improviste deux semaines auparavant.

Elle sourit lorsque la porte du grenier s'ouvrit et qu'une créature de moins d'un mètre de haut s'avança en se dandinant.

Celle-ci avait la peau grise et tannée et le monstrueux faciès propre à son espèce, sans oublier des cornes et une longue queue qu'elle lustrait méticuleusement. Cependant, ses ailes n'avaient rien d'ordinaire.

Plus grandes que la moyenne, elles étaient aussi délicates que celles d'une fée de rosée et formaient un tourbillon éclatant de bleu, de cramoisi et d'or.

Le petit démon avait également un charmant accent français et le chic pour la faire rire en estropiant la langue anglaise.

Il avait demandé à utiliser des pièces du grenier pour sa toute nouvelle agence matrimoniale, et Tayla avait accepté. Pourquoi pas ? Elle gagnerait ainsi des clients supplémentaires et ne passerait plus toutes ses nuits seule.

C'était un arrangement qui avait bien fonctionné.

Le minuscule démon sur les talons, elle traversa le salon de devant meublé de chaises rembourrées et de tables rondes couvertes de napperons en dentelle. Avec une efficacité redoutable, elle s'assura que les tasses et les assiettes avaient bien été rangées dans les dressoirs et que les tapis fleuris avaient été aspirés.

Puis, ils empruntèrent ensemble le petit couloir et entrèrent dans la cuisine qu'elle avait relookée après son emménagement. La vaste pièce avait un carrelage blanc et un plafond aux poutres apparentes où des casseroles en cuivre étaient suspendues à de grands crochets. Tous les appareils électroménagers étaient haut de gamme, en inox, et lui avaient coûté une fortune. Et au milieu de la pièce trônaient de longues tables en bois sur lesquelles elle avait gravé à la main des glyphes faes pour ensorceler ses pâtisseries.

Cerise sur le gâteau, sur le mur opposé une rangée de fenêtres donnait sur le terrain boisé qui faisait partie de la propriété.

Tayla s'arrêta pour admirer le spectacle des arbres dans toute leur splendeur automnale. Son sang fae brûlait d'être entouré de nature, même si elle appréciait tout le confort moderne.

Une petite sonnerie retentit lorsque le minuteur du four l'avertit qu'elle devait sortir les scones qu'elle avait préparés pour leur thé tardif. Depuis l'arrivée de Levet, elle l'avait encouragé à partager au moins un repas par jour avec elle. C'était un véritable plaisir de ne plus avoir à manger seule.

Saisissant un torchon, elle prit une plaque et la posa sur la table alors que le démon tendait la main, dévoilant la surprise qu'il avait cachée derrière son dos.

— Ta-da !

Il brandit une bouteille.

Jetant le torchon de côté, Tayla observa Levet avec amusement.

— Qu'est-ce que c'est ?

— Mon vin préféré.

Tayla grimaça en le regardant s'asseoir à la table près des fenêtres.

— Je ne bois pas beaucoup, lui dit-elle.

— Tu vas l'aimer, je te le promets, lui assura-t-il. En plus, nous avons quelque chose à fêter.

Hum. Voilà qui était nouveau.

— Et quoi donc ?

— Ma première cliente satisfaite.

— Ah. (Un petit sourire aux lèvres, Tayla disposa les scones sur une assiette et prit deux verres à pied.) Voilà une bonne raison de porter un toast. Parle-moi donc de l'heureuse élue.

Les ailes de Levet tremblèrent de fierté.

— J'ai réussi à trouver le partenaire idéal pour une jeune et jolie elfe de glace qui vivait seule dans l'Arctique, l'informa-t-il. Je l'ai mise en relation avec un elfe de feu qui aspirait à fonder une famille.

Il poussa un profond soupir.

— Ça a été le coup de foudre.

Feu et glace ?

Tayla haussa les épaules intérieurement. Peut-être que les opposés s'attiraient vraiment.

S'approchant de la table, elle posa l'assiette de scones et laissa Levet leur verser à tous deux un verre du vin ambré. Avec une avidité non dissimulée, le minuscule démon saisit un des petits pains délicats.

— *Ma belle**, ils sont *délicieux**, soupira-t-il en dévorant le scone d'une seule et grosse bouchée.

Il en engloutit deux autres avant de lever son verre.

— Je porte un toast au succès.

— Au succès, répéta-t-elle, trempant avec circonspection les lèvres dans le vin.

Elle arqua les sourcils en décelant la pointe de nectar qui se mêlait au millésime onéreux. Cette bouteille devait avoir coûté une petite fortune à la gargouille.

— Mmm, murmura-t-elle, prenant une plus grande gorgée. Où l'as-tu trouvé ?

Au cours des années, elle avait acheté de petites fioles de nectar, mais étant donné qu'elle tentait désespérément d'économiser chaque pièce sur laquelle elle parvenait à mettre la main pour garder un toit au-dessus de sa tête, ce n'était pas arrivé souvent.

Elle savoura la chaleur qui se déversa en elle.

---

* Tous les mots en italique suivis d'un astérisque sont en français dans le texte original. (*NdT*)

De ses yeux gris, Levet l'examina avec une intensité inattendue, en commençant par ses cheveux blond foncé qui se répandaient sur ses épaules et dans son dos avec des reflets de feu dans leurs mèches soyeuses. Puis il descendit sur son pâle visage ovale et s'attarda sur ses yeux vert clair aux éclats de jade avant de passer à son nez étroit et à ses lèvres pêche pulpeuses.

Durant une minute, il admira son corps svelte, vêtu avec décontraction d'un pantalon ivoire et d'un pull en cachemire qu'elle avait assorti à un collier de perles, avant de répondre.

— Je suis en contact direct avec le roi des faes.

Tayla poussa un petit cri stupéfait. Elle avait entendu des rumeurs sur le retour dans cette dimension des rares faes de sang pur, mais elle n'avait pas eu la chance d'en apercevoir un seul.

— Comment peux-tu connaître les Chatri ? demanda-t-elle.

Levet prit une gorgée de vin.

— Non que j'aime me lancer des cœurs, mais…

— Des fleurs, corrigea Tayla en pinçant les lèvres. Te lancer des fleurs.

— Des fleurs ou des cœurs, c'est du pareil au même. (La gargouille agita allègrement une main griffue.) Le fait est que j'ai sauvé le monde plus d'une fois et que plusieurs V.I.D. me sont très redevables.

Tayla le regarda fixement, déconcertée.

— V.I.D. ?

— *Very Important Demons.* (Levet battit des ailes d'un air suffisant.) Y compris le roi des vampires et celui des garous.

Tayla fronça les sourcils. Elle détestait mettre en doute la parole du démon, mais elle avait du mal à croire qu'il puisse connaître des créatures aussi prestigieuses.

— Si tu as des amis si puissants, alors pourquoi t'être installé dans ce quartier isolé ? demanda-t-elle, sincèrement intriguée. N'aurait-il pas mieux valu t'établir là où tu aurais pu te servir de tes relations pour attirer les clients ?

La gargouille grimaça.

— Il y a peut-être eu un tout petit malentendu de rien du tout quand j'ai ouvert mon entreprise dans le club de Viper.

— Viper. (Tayla inclina la tête sur le côté : elle connaissait ce nom.) Le chef de clan des vampires de Chicago ?

— *Oui**. C'est un égoïste qui mériterait des coups de pied au *derrière**.

— Que s'est-il passé ?

Levet rentra la tête dans les épaules.

— J'ai eu la gentillesse de choisir d'installer mon agence matrimoniale dans sa boîte de nuit, l'*Enfer de Viper.* J'ai même organisé une soirée d'inauguration. Mais est-ce qu'il m'a remercié ? *Non**. Il a prétendu que les bouteilles de champagne que j'avais empruntées dans sa cave étaient des millésimes hors de prix avant de me flanquer à la porte. Pff! Il a même menacé d'accrocher ma tête à son mur si jamais il me revoyait. (Levet prit une grande lampée de vin.) Il m'a semblé préférable d'éviter Chicago pendant quelques semaines. (Il se racla la gorge.) Ou siècles.

Tayla pinça les lèvres. Elle avait beau trouver la minuscule créature amusante, elle savait que d'autres démons ne se montraient pas aussi tolérants à l'égard de sa personnalité excentrique. Y compris l'elfe des bois du coin qui avait promis de le castrer s'il surprenait encore Levet auprès de sa fille.

— Et c'est là que tu as décidé de venir ici ?

— C'est un endroit ravissant, dit-il en jetant un regard au spectacle de la campagne luxuriante. Bien sûr, je n'ai pas bien pris en compte le fait que ce serait trop isolé pour inciter les clients à passer sans tête.

Tayla le dévisagea fixement. Sans tête ? Des zombies ? Parce que ces monstres tombaient vraiment amoureux ? Oh… un instant.

— Sur un coup de tête.

— *Oui*[*], c'est ça. (Posant son verre, Levet l'observa soudain avec une pointe de curiosité.) Ce qui me pousse à m'interroger sur les raisons qui t'ont amenée à choisir un lieu si isolé pour ouvrir ton salon de thé.

— Je suis loin d'être isolée, répliqua-t-elle en buvant une autre gorgée : le vin apaisait la tension qui faisait partie de sa vie depuis aussi longtemps qu'elle s'en souvienne. J'ai des centaines de clients qui s'y arrêtent.

Levet fit claquer sa langue avec désapprobation.

— Les clients, ce n'est pas pareil que la famille ou les amis.

Elle haussa les épaules. À vrai dire, elle n'avait jamais eu d'amis. En fait, elle n'avait pas eu de vraie maison avant d'acheter celle-ci. Et même à présent, ses valises étaient bouclées et rangées près de la porte de sa chambre.

Se tenir prête à partir sur-le-champ paraissait une bonne idée.

— Pour moi, si.

Cet aveu brutal lui valut un regard inquisiteur de Levet, puis elle vit une émotion qui ressemblait dangereusement à de la pitié passer sur son vilain petit visage.

— Et pour ce qui est de l'amour ?

Elle se raidit.

— Je te demande pardon ?

La tête penchée sur le côté, Levet frotta l'une de ses cornes atrophiées.

— Je peux entendre que tu aies sympathisé avec plusieurs clients. Nombre d'entre eux sont très charmants, dit-il. Et mieux que quiconque je comprends le désir d'éviter sa famille. Elle peut se révéler…

— Encombrante ? suggéra Tayla quand les mots moururent sur ses lèvres.

— Homicide.

Mmmm. D'accord. Tayla dévisagea son compagnon avec une curiosité renouvelée.

Elle avait cru avoir eu une enfance difficile. Au moins, sa famille n'avait pas carrément tenté de la tuer.

Était-ce ce qui l'avait attirée vers le petit démon ?

Avait-elle senti qu'ils étaient tous deux blessés par leur passé ?

— Ouais, la famille, ça craint, marmonna-t-elle.

Levet tendit le bras par-dessus la table pour lui effleurer d'une griffe le dos du poing.

— Mais une jeune et jolie femme comme toi devrait avoir un compagnon véritable qui la vénère.

Prise de panique, Tayla bondit sur ses pieds.

— Non, souffla-t-elle, horrifiée.

Surpris, Levet la regarda fixement.

— *Non*[*] ?

Tayla sentit la peur lui nouer le ventre.

— La dernière chose que je souhaite, c'est un compagnon.

Un long silence emplit la pièce avant que la gargouille pose la question qui s'imposait.

— Pourquoi donc ?

— Parce que c'est la vérité.

Elle frémit au souvenir d'une paire d'yeux ambrés où couvait une morgue cruelle alors même que le contact de leur propriétaire lui promettait le paradis.

— Pourquoi voudrais-je qu'un mâle arrogant, têtu et mal élevé s'imagine que je lui appartiens ?

Levet écarquilla ses yeux gris.

— Tu parles d'un mâle arrogant, têtu et mal élevé en particulier ?

Tayla rentra la tête dans les épaules. *Maudit nectar.* Le vin était enivrant au point de la pousser aux confidences.

— Pas juste un. (Elle tenta de dissiper les soupçons soudains de la gargouille.) Les hommes sont tous les mêmes.

Sautant au bas de sa chaise, le petit démon la dévisagea, ses lourds sourcils arqués.

— Pas tous, *ma belle**.

Oh. Elle grimaça. Le breuvage ne lui avait pas juste délié la langue, il lui avait manifestement aussi ôté ses bonnes manières.

— Je ne parle pas de toi, Levet. Tu es absolument unique, le rassura-t-elle.

Et elle ne le mettait pas dans la même catégorie que les autres hommes.

Même si le petit démon la rendait parfois un peu folle, il constituait ce qui ressemblait le plus à un ami dans sa vie.

— Exact, s'empressa-t-il de reconnaître. Je suis assez exceptionnel. Mais certains hommes valent le coup. Et je suis précisément le démon qui va t'aider à en découvrir un.

— C'est très gentil, mais je n'ai pas besoin qu'un cupidon bien intentionné s'immisce dans mon existence, affirma-t-elle aussitôt.

— Pff! (Les ailes de Levet tremblèrent d'indignation.) Cupidon est un impotent.

— Un impotent ? (Elle lutta pour déchiffrer le langage-à-la-Levet.) Tu veux dire un imposteur ?

— *Oui**. Quel genre de spécialiste de l'amour transpercerait ses victimes… euh, pardon, ses clients… d'une flèche ?

Tayla ne put retenir un éclat de rire. Il n'avait pas tort.

— On prétend que l'amour est douloureux.

La gargouille ricana.

— Ridicule. C'est une magie magnifique qui emplit le monde de joie. C'est pour ça que j'aurai autant de succès. La magie constitue mon plus grand talent.

Tayla ignorait si la gargouille aurait du succès ou non. Jusque-là, l'elfe de feu n'était pas revenu en menaçant de lui arracher les ailes ou de brûler sa maison. C'était un début encourageant.

Mais elle avait délibérément évité de s'intéresser aux services que proposait Levet.

La dernière chose qu'elle voulait, c'était une relation amoureuse.

— Non pas que je doute de tes compétences, mais un spécialiste de l'amour ne devrait-il pas avoir une compagne bien à lui ? demanda-t-elle.

Il remua la queue.

— Hélas, je suis une gargouille vouée à voler sans attaches.

Elle leva les yeux au ciel.

— Pratique.

— Mais ne parlons pas de *moi**, poursuivit-il. Je m'inquiète pour toi, *ma belle**.

— Je t'assure que c'est inutile. Je suis très heureuse ainsi.

D'un pas ferme, Tayla traversa la cuisine et rangea avec efficacité les casseroles sales dans le lave-vaisselle.

— *Non**. (La gargouille la rejoignit en se dandinant.) Tu n'es pas malheureuse, mais je ne lis aucune joie dans ces magnifiques yeux.

Elle se figea, luttant contre les souvenirs d'une passion torride et d'un désir irrésistible qu'elle s'était donné tant de mal à enfouir.

— S'il te plaît, Levet, souffla-t-elle.

— As-tu été blessée dans le passé ? insista le démon. Un imbécile aurait-il osé te briser le cœur ?

Elle frémit.

— Je ne serais jamais assez stupide pour livrer mon cœur à quelqu'un.

Levet esquissa un sourire entendu.

— Ah.

Assez. Tayla referma brusquement le lave-vaisselle avant de se retourner pour sortir de la cuisine. Peut-être qu'une longue promenade chasserait son impression qu'un orage menaçant se préparait à l'horizon.

— Garde ta magie pour les femmes qui cherchent leur compagnon véritable, l'avertit-elle. Je peux te promettre que je ne suis pas intéressée.

— Nous verrons, répliqua Levet dans son dos.

Baine songea qu'être un dragon vénérable avait des avantages.

Il détenait un pouvoir immense qui terrifiait tous ceux qui avaient la bêtise de croiser son chemin. Il pouvait se déplacer entre les mondes et était traité comme un dieu par des millions de démons. Il possédait un repaire secret où il gardait son inestimable trésor. Et d'innombrables laquais qui consacraient leur vie à veiller à son bien-être.

Il était aussi un métamorphe, ce qui signifiait qu'il pouvait passer de sa forme de dragon de trois mètres de haut, aux étroites ailes tannées et au long museau pour cracher du feu quand il était énervé, à celle de la créature de son choix.

En l'occurrence, il avait sélectionné une apparence humaine avec un visage fin aux traits ciselés et aux yeux en amande qui brillaient à la lumière du feu comme l'ambre le plus pur. Il avait des cheveux soyeux aussi noirs que la nuit qui lui retombaient sur les épaules.

Comme à son habitude, il était vêtu d'un pantalon ample qui dévoilait sa peau pâle couverte de tatouages. Ceux-ci n'avaient rien de classique. Ces symboles étranges émettaient un chatoiement métallique alors qu'ils lui rampaient sur le corps, changeant de couleur à une vitesse vertigineuse.

Peu de gens savaient qu'ils recélaient les informations précieuses qu'il avait acquises au cours des siècles.

Comme une bibliothèque ambulante.

Il était un dragon qui comprenait que la richesse ne se présentait pas juste sous forme de biens matériels. Le plus grand trésor était la connaissance.

Bien sûr, Baine ne refusait jamais d'or ni d'argent...

Affalé sur son trône doré placé sur une haute estrade, il parcourut des yeux la longue salle aux murs ivoire enchâssés de miroirs arqués. Au-dessus, le plafond à gorge déployait une peinture d'Aladin et de sa lampe qui semblait danser à la lumière de l'exquis lustre vénitien, tandis que le parquet d'ébène était rehaussé par un poli éclatant.

Une pièce magnifique qui était gâtée par la vision du troll au visage monstrueux et aux grosses défenses qui lui sortaient de la mâchoire inférieure.

Baine détestait avoir affaire aux trolls. Qui aimait cela ? Non seulement ils étaient d'une stupidité douloureuse, mais pour couronner le tout, ils laissaient dans leur sillage une odeur fétide qui imprégnait les tapis pendant des jours. Cependant, ils payaient leurs dettes.

Même si pas toujours de la façon dont le souhaitait Baine.

Avec une grimace, il regarda la méchante créature adresser un geste de la main aux femmes à moitié nues qui attendaient près de la porte cintrée or et ivoire.

— Jolies femmes, dit le troll d'une voix rauque. Beaucoup, beaucoup plaisir.

— La dette n'est pas payable en nature, rétorqua Baine, levant une main fine pour que des flammes lui dansent sur les doigts.

Les trolls, comme la plupart des démons, pouvaient être tués par le feu de dragon.

L'imbécile parut perplexe.

— Jolis hommes ? Moi pouvoir...

— De l'or, espèce de crétin, s'écria-t-il, interrompant l'offre ridicule.

Comme si un dragon avait besoin de l'aide d'un troll pour se trouver des partenaires sexuels.

En ce moment même, les femmes lui coulaient des regards empreints d'un désir flagrant qui n'avait rien à voir avec leur position de concubines, mais bien avec la sensualité sauvage qui couvait dans ses yeux couleur d'ambre.

— Il a été convenu pour cet emprunt que vous me remboursiez en or.

Le troll blêmit et son visage terreux prit une vilaine teinte cendrée. Il n'était jamais sage de mettre un dragon en colère.

— Très bien.

— Attendez, ordonna brusquement Baine.

À contrecœur, Yaki se retourna pour le dévisager avec méfiance.

— Quoi ?

— Libérez les femmes.

Stupéfait, le troll écarquilla ses yeux cramoisis.

— Les libérer ?

— Vous avez un problème d'audition ? demanda Baine d'une voix traînante.

— Non, Monsieur.

L'imbécile claqua vivement des mains, et le troll plus petit qui se tenait près de la porte s'empressa d'ouvrir les menottes d'argent qui entravaient les femmes. Lui adressant une profonde révérence, Yaki recula hors de la salle.

— Moi partir maintenant.

Baine remarqua à peine les femmes qui s'attardaient en gloussant. Même libérées de leurs chaînes, elles cherchaient à capter son attention.

Il resta concentré sur le troll qui continuait à reculer. *Le petit sournois.*

— Vous reviendrez avec mon paiement.

Yaki esquissa une profonde révérence.

— Oui, Monsieur.

— Bientôt.

— Oui, oui. Bientôt.

Baine attendit que le salopard se croie tiré d'affaire.

— Et Yaki ? murmura-t-il d'une voix à la douceur terrible.

Le démon se figea.

— Moi ?

— Oui vous, espèce d'abruti. Si j'apprends que vous faites encore du commerce d'esclaves, je vous ferai écorcher vif et rôtir pour mon dîner. (Il sourit, le feu lui dansant sur la peau.) Compris ?

— Compris, s'étrangla le troll.

Sans plus tenter de dissimuler sa terreur, il se retourna et bouscula deux femmes ainsi que l'autre troll en franchissant la porte.

Baine ricana et jeta un coup d'œil vers l'homme grand et svelte vêtu d'une chemise blanche immaculée et d'un pantalon noir. Char était un dragon hybride aux courts cheveux argentés et aux yeux de la couleur de l'orage.

Il avait été donné à Baine le jour où celui-ci avait quitté le repaire de son père, et tous deux étaient devenus inséparables depuis cet instant, près de cinq cents ans auparavant.

Sortant de l'ombre, Char débarrassa avec efficacité la salle du trône des femmes qui essayaient discrètement de s'approcher de Baine. Une fois certain que les intruses avaient été raccompagnées jusqu'au portail qui les ramènerait dans leur monde, le serviteur revint et examina Baine avec un léger sourire.

— Combien de fois devrais-je répéter que les esclaves ne m'intéressent pas ?

Un silence momentané s'ensuivit, comme si Char se rappelait un temps où une esclave en particulier avait charmé Baine. Heureusement, son cadet avait beau être irrévérencieux, railleur et parfois provocant, il n'était pas stupide.

Nul n'évoquait jamais la femme qui avait un jour osé le défier.

Pas même le plus proche ami de Baine.

— Les trolls ne se sont jamais distingués par leur intelligence, dit Char, traversant la pièce sans se presser pour se placer juste devant le trône. Et ils ont l'habitude de traiter avec ton père, qui s'accroche encore aux us anciens.

Baine pinça les lèvres. Son père était assurément de la vieille école.

Le genre à piller, violer et brûler des civilisations entières quand l'envie lui en prenait.

— Percevrais-je de la désapprobation à l'égard de mon refus de demeurer à l'âge des ténèbres ? murmura-t-il.

Char rit doucement. Comme Baine, il s'était affranchi des chaînes du passé pour embrasser le nouveau monde.

— Ces femmes avaient beau être des esclaves, pas une seule n'aurait dit non si tu lui avais demandé de rester.

— Je n'ai pas besoin qu'un troll me serve d'entremetteur, gronda Baine. Je peux avoir toutes les femmes que je veux.

Char arqua un sourcil.

— Est-ce pour cette raison que ton harem est vide ?

Des étincelles dansèrent sur la peau de Baine, et ses tatouages tournoyèrent jusqu'à ce qu'il parvienne à maîtriser sa colère.

Son harem vide constituait un autre sujet de conversation tabou.

— Qui est le suivant ? s'enquit-il d'une voix contrariée.

D'habitude, il aimait les jours de collecte. Pourquoi en serait-il autrement ?

Il y avait de l'argent. De l'or. Des pierres précieuses. Et parfois un artefact digne de sa collection.

Mais ce jour-là il se sentait… bizarre.

Comme si un truc le démangeait tout au fond de lui sans qu'il puisse se gratter.

— Cava, le roi du clan du Roc, répondit Char d'un air inquisiteur tandis que Baine tapotait du bout des doigts les accoudoirs de son trône massif.

— Des diamants, je suppose ? grommela Baine.

L'orque lui était encore redevable pour des services qu'il lui avait rendus près de quatre cents ans auparavant.

Char haussa les épaules.

— Le bruit court qu'il a découvert un texte rare enfoui dans les montagnes. Comme je sais à quel point tu aimes tes livres poussiéreux, je lui ai demandé d'apporter le manuscrit à la place des pierres précieuses.

— Bien. Fais-le entrer… (Il s'interrompit, bondissant sur ses pieds.) Attends.

Aussitôt, Char fut à ses côtés.

— Baine ?

Les yeux fermés, ce dernier déploya ses sens vers le portail qui était resté ouvert.

Là. Il inspira profondément, savourant le parfum qu'il recherchait depuis plus de vingt-cinq ans.

Sucré et acidulé, comme de la citronnade par une chaude journée d'été.

— C'est elle, souffla-t-il, refusant d'envisager qu'il puisse se tromper. Enfin.

— Y a-t-il une intruse ? s'enquit Char. Dois-je appeler les gardes ?

— Non.

Baine trembla, ayant l'impression d'être en période de mue, ce qui d'une certaine façon était le cas. Après des années de frustration, il sortait de l'engourdissement morne qui l'avait frappé, éprouvant la sensation d'une sensibilité exacerbée au monde.

Oui. Il frissonna d'extase. C'était cela être vivant. S'il avait été sous sa forme animale, il aurait déployé ses ailes et rugi d'exaltation.

— Il n'y a pas d'intruse.

Char lui adressa un regard perplexe.

— Alors de quoi s'agit-il ?

— Un trésor longtemps perdu, lui assura Baine, sautant au bas de l'estrade pour se diriger vers la sortie la plus proche.

— Où vas-tu ?

— Recouvre les dettes à ma place et débarrasse le repaire de tous malotrus, ordonna Baine, s'éloignant à grandes enjambées sans jamais ralentir.

Il était en chasse, et rien ne se mettrait en travers de son chemin. Pas cette fois. Un sourire de plaisir anticipé lui ourla soudain les lèvres.

— Oh, et fais rouvrir mon harem.

Chapitre 2

Il était près de minuit et Tayla enfilait sa chemise de nuit en étoffe ajourée quand elle sentit la première vague de chaleur lui picoter la peau.

Qu'est-ce que…

L'automne dans le Midwest était synonyme de nuits froides avec une brise vivifiante. Elle n'avait aucune raison d'avoir l'impression qu'on venait juste d'ouvrir la porte d'un four.

Sans prendre la peine de mettre une robe de chambre, elle descendit l'escalier pieds nus et sortit dans le jardin par la porte de derrière.

Cette sensation étrange ne pouvait pas être ce qu'elle craignait, se rassura-t-elle en silence. Baine se trouvait dans une autre dimension. Et même s'il était dans ce monde, elle était cachée derrière des couches de magie.

Il ne pouvait pas la repérer.

C'était impossible.

Pas vrai ? *Pas vrai ?*

Réprimant farouchement la panique qui montait en elle, elle parcourut des yeux les ombres épaisses. La maison était trop éloignée de la ville pour qu'aucune lumière ne brise les ténèbres, et Tayla était une sidhe, pas une vampire, ce qui signifiait qu'elle ne possédait pas leur aptitude à voir dans l'obscurité.

— Levet ? appela-t-elle doucement, les orteils recroquevillés alors qu'elle traversait timidement la terrasse recouverte de givre. Qui est là ?

L'espace d'une seconde, elle n'entendit que le hurlement distant d'un coyote. Puis un rire masculin léger flotta dans l'air.

— Aussi adorable que jamais, sidhe, railla une voix sensuelle.

Tayla se figea. *Merde.* Pourquoi n'avait-elle pas apporté une lampe de poche ? Ou un lance-flammes.

Voire une petite bombe nucléaire.

Elle déglutit, et un affreux pressentiment lui envoya un frisson dans le dos quand une silhouette noire se détacha près de la terrasse.

— Vous vous êtes introduit sur une propriété privée, dit-elle, fière que ses mots ne sortent pas sous la forme d'un cri terrifié. Montrez-vous.

Quelqu'un, ou quelque chose, fit claquer sa langue bruyamment.

— Tu oses tenter de me donner des ordres ? Tu n'as certainement pas oublié les modalités de notre relation, n'est-ce pas, sidhe ? Je suis le maître, et tu es mon esclave.

Elle leva la main pour la porter à son cœur qui ne parvenait pas à trouver un rythme convenable. Il s'emballait, ralentissait, puis oubliait carrément de battre. De la sueur lui dégoulina sur le front, et Tayla lutta pour respirer quand une autre vague de chaleur menaça de l'étouffer.

— Non… ce doit être un cauchemar.

— La plupart des femmes considéreraient plutôt que je suis un rêve devenu réalité.

— Alors pourquoi n'allez-vous pas rôder dans leurs jardins ?

— Parce que c'est toi que je veux.

Non. *Non, non, non !*

Elle s'humecta les lèvres.

— Comment m'avez-vous trouvée ?

De nouveau, elle entendit un petit rire bas.

— Tu as vraiment cru pouvoir m'échapper pour toujours ? Tu m'appartiens. Cet instant était inévitable.

Oh, par l'enfer. Dans un élan de panique aveugle, Tayla tourna les talons et se précipita à l'intérieur de la maison, prenant le temps de verrouiller la porte derrière elle.

Comme si cette précaution suffirait à arrêter un dragon de sang pur.

Ouais, et ensuite il lui pousserait des ailes et elle s'envolerait jusqu'à Mars.

Pas… près… d'arriver.

Par chance, elle réussit à remonter l'escalier à une vitesse qu'elle n'aurait jamais crue possible. Alors qu'elle se dirigeait vers sa chambre, elle fut contrainte de s'immobiliser quand Levet apparut soudain au milieu du couloir.

— Tayla ? (Il écarquilla les yeux en remarquant ses cheveux ébouriffés et son visage livide.) *Ma belle**, qu'est-il arrivé ?

Elle se retint au mur de la main alors que ses genoux menaçaient de se dérober sous elle.

Baine.

Était là.

Dans son jardin.

Elle avait beau être restée cachée pendant vingt-cinq ans, il avait réussi à la retrouver.

Mais comment ?

— Tu as fait quelque chose ? lâcha-t-elle.

La gargouille fronça les sourcils, perplexe.

— *Qu'est-ce que** ?

— Ta magie, dit-elle.

Secouant la tête, Levet esquissa un geste de la main et emplit le couloir d'une boule de lumière flottante.

— *Ma belle**, je ne comprends rien.

Elle s'obligea à respirer profondément pour tenter d'éclaircir ses pensées.

Elle serra les bras sur son ventre alors qu'elle tremblait de… quoi ? De peur, certainement. De contrariété. Et était-ce de l'excitation ? *Oh, zut.*

— Ta magie pourrait-elle affecter un sort de camouflage ? demanda-t-elle.

— Bien sûr que non… (s'interrompant brusquement, Levet battit des ailes et remua la queue) oh !

Tayla grimaça. Ce « oh ! » ne présageait rien de bon.

— Qu'y a-t-il ?

Levet ne répondit pas, mais réitéra sa question.

— Dis-moi ce qui te bouleverse à ce point.

Elle ne lui aurait jamais rien avoué si elle avait été en pleine possession de ses moyens. Elle ne parlait jamais de son passé. Après tout, ce pouvait être dangereux. Non seulement pour elle, mais aussi pour la personne à qui elle aurait eu la bêtise de se confier.

On pourrait très bien torturer celle-ci pour lui soutirer des informations sur l'endroit où elle se cachait.

Elle exagérait ? Peut-être. Mais elle refusait de prendre le moindre risque.

Néanmoins, les mots se bousculèrent sur ses lèvres avant qu'elle ait pu les retenir.

— Il y a vingt-cinq ans, je travaillais dans la bijouterie de mon père à Las Vegas quand une bande de trolls a surgi par la porte de derrière et m'a enlevée.

— Des trolls ? Au beau milieu de Las Vegas ? (Levet parut étrangement déconcerté.) Ces créatures ont fait preuve d'une audace inhabituelle.

— Pas vraiment. (Elle haussa les épaules, tentant, comme toujours, de refouler les souvenirs de cette nuit épouvantable.) Ils ont dû voir que j'étais seule. Je n'aurais déjà pas pu me défendre contre un seul d'entre eux, alors trois, n'en parlons pas.

Levet parvint à paraître encore plus perplexe.

— Tu étais seule ?

— Oui. Mon père attendait une livraison de pierres précieuses et avait pris les gardes avec lui, expliqua-t-elle.

Sur le moment, elle avait été étonnée qu'Odel insiste pour emmener tout le personnel, puis elle avait compris qu'il devait s'être douté qu'il y aurait des ennuis cette nuit-là.

— Il n'était parti que depuis quelques minutes quand ces salopards sont entrés dans la boutique et m'ont enfermée dans une caisse en fer.

Levet feula de colère.

— Je connais ces caisses, sauf que la mienne était en argent. (Il frémit.) C'étaient des marchands d'esclaves ?

Elle hocha la tête, interpellée par l'aveu de la gargouille. À l'évidence, le démon et elle avaient plus de points communs qu'elle ne l'avait pensé.

— Ils n'en faisaient pas exactement commerce, mais ils fournissaient la…

— Marchandise, termina Levet à sa place.

Elle frémit. Sur le coup, elle avait cru que rien ne pouvait plus la terrifier que d'être traînée dans un campement nauséabond caché au milieu du désert des

Mojaves. Elle y avait été enduite d'huiles précieuses et vêtue d'un minuscule bout de satin pour être cédée au plus offrant.

Mais le pire restait encore à venir.

— Oui, mais ils ne m'ont pas mise en vente, poursuivit-elle. Ils m'ont donnée à un dragon.

— Un dragon ? (Levet écarquilla les yeux… et se ressaisit.) Tu veux dire, un vrai dragon ?

Elle sentit un autre frisson la traverser. Elle avait été aussi stupéfaite que la gargouille quand on l'avait jetée dans un portail et qu'elle avait atterri comme une masse au milieu d'une caverne obscure. Agenouillée et la tête baissée, à travers ses cheveux emmêlés, Tayla avait lancé un regard craintif à la créature redoutable qui l'examinait avec une avidité manifeste.

Elle avait su immédiatement qu'il s'agissait d'un dragon, même si elle n'en avait jamais vu auparavant. En dépit de la forme humanoïde aux épais cheveux bruns et à la physionomie bestiale qu'il arborait, le pouvoir brûlant qui avait menacé de réduire ses os en poudre n'avait pas échappé à Tayla. Ni les volutes de fumée qui sortaient de ses narines dilatées.

Sur le moment, elle avait ignoré s'il comptait la manger ou la traîner de force dans son lit, mais soudain un autre homme était apparu.

Un autre dragon, avait-elle rapidement compris.

Cependant, celui-là avait été…

Les mots lui avaient manqué quand elle avait découvert la beauté absolue, irréelle, de son visage fin encadré par des cheveux noirs brillants. Il avait des traits délicatement ciselés, avec un nez aquilin et des pommettes saillantes. Un front large, intelligent et des lèvres magnifiques, mais qui trahissaient une cruauté qui l'avait fait frémir. Un feu ambré couvait dans les yeux légèrement bridés qu'il avait posés sur elle avec un mépris à peine dissimulé.

Lorsqu'elle avait eu l'imprudence de se redresser, il avait plissé les yeux et sa désapprobation s'était évanouie alors qu'il parcourait du regard son corps à moitié nu.

Tayla avait eu l'impression d'avoir été frappée par la foudre. Elle avait eu le souffle coupé tandis qu'en elle vibrait un désir qu'elle ne comprenait pas.

D'une démarche lente et décidée, il avait traversé la caverne pour s'immobiliser juste devant elle. Il portait un ample pantalon en lin qui lui retombait bas sur les hanches, dévoilant les tatouages hypnotisants qui se déplaçaient en décrivant d'étranges motifs sur sa peau pâle. Lorsqu'il s'était arrêté en face d'elle, il avait tendu la main pour lui relever le menton afin de l'examiner avec une intensité flamboyante.

Puis il avait prononcé un seul mot.

« Mienne. »

Tayla s'arracha brusquement au passé.

— Un vrai dragon, souffla-t-elle d'une voix étranglée, regrettant de ne pas parvenir à oublier le sentiment de plénitude qui l'avait envahie à cette revendication empreinte de possessivité.

— Baine.

Tayla dévisagea la petite gargouille, stupéfaite.

— Tu le connais ?

Celle-ci esquissa un geste désinvolte d'une main griffue.

— Nous avons des amis en commun, même si nous n'avons jamais été officiellement présentés. Que t'a fait ce monstre ?

— Rien, dit-elle.

C'était la vérité. Il n'avait fait que se pencher pour lui effleurer les lèvres d'un baiser brûlant. Mais elle avait eu l'impression de ressentir... tout.

Elle était encore sous le choc quand le plus âgé des dragons s'était levé et avait repoussé le lourd trône sur lequel il avait été assis. Les deux hommes avaient eu une brève altercation dans une langue qu'elle ne connaissait pas, même si elle avait réussi à comprendre que le dragon le plus jeune s'appelait Baine et que l'autre était son père, Synge.

Pendant qu'ils se disputaient, un serviteur vêtu d'une robe était arrivé pour la conduire dans une autre caverne décorée de tentures de satin et de tapis délicatement tissés.

— On m'a emmenée dans son harem et j'ai décidé que le rôle de concubine ne me plaisait pas particulièrement. (Elle haussa les épaules.) Alors je suis partie.

Levet poussa un grognement incrédule.

— Tu es... partie ? Et le dragon ne t'en a pas empêchée ?

Elle grimaça. Elle avait été plongée dans un état d'hébétude quand on lui avait fait franchir le seuil de la vaste salle remplie de fontaines magnifiques et de femmes encore plus belles. Mais à la seconde où elle avait compris où elle était, et ce qu'on attendrait d'elle, elle avait paniqué.

— Je ne lui ai pas demandé la permission.

— *Sacrebleu**, souffla Levet. C'est impossible. Personne ne peut s'enfuir du repaire d'un dragon.

— J'ai eu de la chance. Il se trouve que j'ai un don pour créer des portails.

Elle s'humecta les lèvres. Avait-elle entendu du bruit en bas ? Baine était-il entré dans la maison ?

— Je n'ai pas cessé de me déplacer pendant des années, puis lorsque j'ai décidé d'ouvrir ce salon de thé, je l'ai fait envelopper de sorts de camouflage qui auraient dû me cacher.

Elle crut lire une expression étrange sur le petit visage bosselé de Levet.

— *Oui**. (Il se racla la gorge.) À ce sujet...

Elle fronça les sourcils.

— À quel sujet ?

— Tu te souviens que nous avons parlé de recourir à mes services magiques pour dénicher ton homme idéal ?

— Je me rappelle surtout t'avoir dit que je n'avais aucune envie d'un compagnon, protesta-t-elle avec une impatience brusque. Quel est le rapport avec les sorts de camouflage ?

— Il est vaguement possible que je...

— Sidhe. (Le son puissant de la voix de Baine résonna dans l'air.) Assez joué. Présente-toi devant moi.

Tayla sentit un mélange enivrant de peur et d'excitation gronder en elle, et son visage devint livide.

— Oh... par l'enfer, grommela-t-elle.

— Je suis désolé, *ma belle**, lui souffla Levet alors qu'il la contournait en battant des ailes pour s'éloigner dans le couloir. Je vais le chasser.

Elle le retint par l'épaule.

— As-tu perdu la tête ? cracha-t-elle. Tu ne peux pas affronter un dragon de sang pur.

— C'est ma faute. Je dois m'en occuper.

Sa faute ? Tayla n'avait pas la moindre idée de ce qu'il voulait dire. Levet ignorait qu'elle était traquée par un dragon en rogne.

Cependant, avant qu'elle ait pu lui demander des explications, il s'était arraché à son étreinte pour se diriger vers l'escalier avec une rapidité surprenante.

— Levet, murmura-t-elle, les poings serrés de frustration.

Bon sang.

Cette idiote de gargouille allait se faire tuer.

Tayla était tiraillée entre l'envie de rattraper le petit démon pour tenter d'arrêter son élan d'héroïsme stupide et celle de sauter par la fenêtre pour éloigner le dragon, mais on ne lui laissa pas le choix.

— Bonsoir, sidhe.

La voix ténébreuse aux accents séduisants l'enveloppa comme une caresse.

Ou peut-être un lasso.

Elle se raidit et huma le parfum grisant de musc et de virilité à l'état pur.

Elle ne l'avait pas senti entrer dans la maison, mais Baine possédait le genre de magie qui lui permettait de masquer sa présence. Ce qui signifiait qu'il lui avait à dessein laissé percevoir sa chaleur dans le jardin. *Bon sang.*

À présent, toutes ses terminaisons nerveuses hurlaient en réponse à son apparition soudaine.

Comprenant qu'il était trop tard pour fuir, elle s'obligea à se retourner avec lenteur pour faire face à l'homme qui se dressait au milieu du couloir.

Sa beauté sculpturale, et qui aurait vraiment dû être illégale, lui coupa le souffle.

C'était la créature la plus puissante à avoir jamais foulé la terre. Pourquoi avait-il donc bien fallu qu'il ait un visage qui semblait avoir été ciselé par la main d'un ange ? Ou des cheveux noirs brillants qui frôlaient ses larges épaules avec un éclat satiné ? Ou des yeux où brûlait un feu ambré ?

Et ce corps…

Dieu tout-puissant. En cet instant même, Tayla était hypnotisée par les tatouages exquis qui rampaient sur son torse svelte et musclé.

Était-ce la raison pour laquelle il ne portait jamais qu'un pantalon ample ?

Parce qu'il savait que sa semi-nudité poussait les pauvres femmes à se demander ce que cela ferait de passer la main sur ces étranges inscriptions ? De créer un chemin de baisers sur son ventre plat ? Et de le renverser au sol pour lui grimper dessus et…

Claquant mentalement la porte sur ses fantasmes saisissants, Tayla se rappela qu'elle avait des ennuis.

Du genre jusqu'au-cou-et-potentiellement-mortels.

— Comment êtes-vous entré ? s'enquit-elle.

Il haussa les épaules et l'examina avec attention. Tayla frissonna. Dans son regard couvait une intensité qui sembla lui brûler la peau. Elle ignorait ce qui se passait derrière ses traits à la beauté douloureuse, mais elle percevait une soif et une possessivité absolues, à l'état brut.

Seigneur. C'était vrai.

Les dragons se consumaient vraiment de désir pour leur trésor.

— Les faes ne sont pas les seuls à pouvoir créer des portails, l'avertit-il, levant enfin les yeux pour croiser son regard noir méfiant. Dis-moi ton nom.

— Ça ne vous regarde…

Le pouvoir de Baine gronda dans l'air, lui ôtant toute envie de jouer les malignes.

— Tayla, s'étrangla-t-elle. Je m'appelle Tayla.

— Tayla.

Il prononça son nom doucement, comme s'il testait l'effet qu'il produisait sur sa langue. Puis il hocha la tête avec lenteur.

— Oui.

— C'est… (elle fut obligée de s'interrompre pour s'éclaircir la voix) c'est votre père qui vous envoie ?

La question sembla le surprendre.

— Qu'est-ce qui te fait croire que Synge m'envoie ?

— Les trolls…

— Mon père n'a aucun droit sur toi, s'écria-t-il d'un ton féroce. J'ai payé pour t'avoir. Désormais, tu m'appartiens.

— Comment ça, vous avez payé pour moi ?

— Le truc habituel. (Il haussa les épaules.) Synge a exigé une petite fortune, et je la lui ai donnée. Espérons que tu en vailles le coup.

— Non, souffla-t-elle, le cœur tambourinant à la seule pensée d'appartenir à cette créature à la beauté intense.

Durant un long silence éprouvant, il passa de nouveau en revue son corps tendu avec une lenteur impitoyable, comme pour s'assurer que sa proie n'avait subi aucun dommage ni n'avait été ternie au fil des années. Puis, soudain, il lui saisit le poignet, une étreinte qui envoya en elle des ondes de plaisir torride.

— Il est temps de rentrer.

Elle parvint tout juste à pousser un petit cri avant que le monde se dissolve autour d'eux.

À dessein, Baine choisit d'emprunter le portail qui débouchait juste à l'extérieur de son repaire. Il ignorait toujours comment Tayla s'était enfuie du harem de son père et ne pouvait que supposer que quelqu'un avait été assez stupide pour laisser un portail ouvert.

Celui-ci était surveillé en permanence, ce qui signifiait qu'elle ne pourrait pas l'utiliser pour se sauver.

Lui tenant toujours le bras, il franchit l'ouverture et écarta d'un geste les gardes en uniforme qui se mirent aussitôt au garde-à-vous.

— Bon retour parmi nous, Monsieur, murmura l'un des soldats, embrassant d'un regard approbateur l'adorable sidhe à ses côtés.

Baine plissa les yeux, ayant une conscience aiguë du fait que Tayla ne portait qu'un minuscule bout de tissu qui ne masquait en rien sa beauté. Son pouvoir vibra soudain dans l'air. Baine était un dragon. Autrement dit, personne n'était autorisé à convoiter ses trésors.

Surtout pas celui-ci.

— Ouvrez la porte, ordonna-t-il d'un ton brusque.

Avec des mouvements précipités, le serviteur s'empressa d'obéir, et quelques secondes après Baine traîna Tayla dans son repaire. Même alors, il suivit le long couloir, pour ne s'arrêter qu'une fois dans la salle du trône vide.

Enfin seuls.

Il fit glisser son regard sur son corps avec une fascination compulsive qu'il semblait incapable de maîtriser. Cela le mettait en rogne. Il s'était déjà assuré qu'elle n'avait subi aucun dommage. Ni ne portait d'armes. Non qu'elle puisse posséder quoi que ce soit qui le blesserait. Mais elle aurait pu tenter de s'en prendre à ses gardes, ou à elle-même.

Rien ne justifiait qu'il continue à l'examiner comme s'il souffrait d'avoir été privé de sa vue. Ni que sa main tremble d'envie de la toucher pour vérifier qu'elle était réelle. Ni qu'il inspire profondément juste pour pouvoir savourer son parfum de citron acidulé.

Il avait réagi de la même façon la première fois qu'il l'avait aperçue.

Il avait été convoqué au repaire de son père pour expliquer à nouveau pourquoi il n'était pas, comme ses frères, en train de saccager et de piller afin de remplir les coffres de la famille. Il ne s'était pas attendu à avoir le souffle coupé à la vue d'une sidhe à moitié nue au milieu de la caverne froide et humide.

Mais c'était exactement ce qui était arrivé.

Sur le moment, le monde s'était évanoui jusqu'à ce qu'il ne reste que la superbe créature au nuage de cheveux blond foncé et aux grands yeux verts qui semblaient recéler une innocence fascinante.

Il aurait dû partir. Il existait des millions de belles femmes. Toutes capables de le faire bander sans lui donner l'impression d'avoir soudain découvert la raison pour laquelle il avait un cœur.

Mais il s'était avancé pour la revendiquer ouvertement.

Bien sûr, son père n'avait pas été content. Les trolls lui avaient offert la sidhe pour qu'il leur fiche la paix. Synge ne partageait pas. Avec personne.

Le temps qu'il ait réussi à négocier la femme, celle-ci avait suivi un serviteur avant de disparaître.

Baine avait quand même dû régler à son père l'addition : trois coffres d'or et une émeraude d'une valeur inestimable.

Ce qui expliquait sa détermination impitoyable à retrouver la sidhe insaisissable. Il l'avait payée comptant. Elle lui appartenait.

Du moins, c'était ce qu'il s'était dit.

À présent, il sentait que la situation était bien plus compliquée. À moins que ce ne soit d'une exquise simplicité. Il désirait cette femme plus qu'il n'avait jamais désiré aucune autre de toute sa très, très longue vie.

Et elle le désirait aussi.

Il avait humé le parfum capiteux de son émoi à l'instant où il lui avait touché la joue, mais pour quelque raison étrange elle refusait d'accepter de lui appartenir.

En ce moment même, il percevait le combat qu'elle menait intérieurement pour ne pas prêter attention à la chaleur qui couvait entre eux.

— Je vois que vous êtes toujours une brute, marmonna-t-elle.

— Une brute ?

— Un tyran. Un bourreau. Un intimidateur, explicita-t-elle.

Les sourcils arqués, il leva la main pour la faire glisser sur la ligne nue de son épaule, et ses doigts le picotèrent au contact de sa douce peau satinée.

— Si j'étais une brute, tu serais déjà couverte de bleus, répliqua-t-il, explorant le décolleté plongeant de sa chemise de nuit. Au lieu de quoi, cette peau pâle et parfaite ne porte pas la moindre marque.

Son feu intérieur brûlait d'une soif qu'il comptait assouvir au plus vite.

Elle frissonna quand il frôla le haut de sa poitrine, et le jade de ses yeux miroita à la lueur des flambeaux.

— Vous vous êtes introduit chez moi pour m'enlever, dit-elle d'une voix rauque. Seule une brute ferait subir une telle épreuve à une femme innocente.

Baine écouta à peine ses accusations idiotes. Il n'avait pas envie de parler. Il avait envie… d'elle.

Jusqu'à la moindre parcelle de son être.

Dans son lit. Contre le mur. Dans la salle du trésor, au milieu des pierres précieuses.

— Mais tu n'es pas une femme innocente, n'est-ce pas, Tayla ? murmura-t-il d'un ton distrait.

Il était bien plus intéressé par les pointes de ses tétons qu'il voyait durcir sous l'étoffe ajourée de sa chemise de nuit.

Il la sentit se raidir.

— Qu'est-ce que c'est censé vouloir dire ?

— Je t'ai achetée à mon père, ce qui signifie que tu m'appartiens, lui rappela-t-il sans ménagement.

Elle secoua la tête, le cœur tambourinant si fort qu'il en entendait les battements frénétiques.

— On ne possède pas les gens.

— Nies-tu avoir été vendue par ton père pour payer ses dettes ?

Elle sursauta comme s'il l'avait frappée.

— Qu'avez-vous dit ?

Il se figea, percevant qu'elle ne simulait pas la stupéfaction.

— Ton père a conclu un marché avec les trolls.

Il vit son visage perdre toutes ses couleurs, jusqu'à devenir blême.

— Mon... père ? souffla-t-elle, repoussant brusquement sa main. Mais de quoi parlez-vous ?

Baine grimaça. Il avait envie de la toucher.

Le doux contact de son corps sous ses doigts apaisait une soif qui l'avait rongé durant vingt-cinq ans.

Mais la peur confuse qui avait soudain assombri les yeux de Tayla ne lui avait pas échappé. Cette femme ignorait ce que son père avait fait pour sauver sa misérable peau.

Une découverte qui était… bienvenue, songea-t-il brusquement.

Premièrement, elle l'aidait à calmer une partie de la colère qu'il avait nourrie à l'encontre de la sidhe. Il n'aimait pas penser qu'elle manquait d'intégrité au point de fuir ses obligations.

Elle résolvait aussi l'un des problèmes qui l'avaient tourmenté.

Il avait beau posséder une immense puissance, Baine était également rusé, ingénieux et parfaitement capable de se servir de son intelligence plutôt que de la force brutale pour atteindre ses buts.

— Tu ne le savais pas ? demanda-t-il d'une voix douce.

— Il n'y a rien à savoir. (Elle serra les bras sur son ventre en un geste défensif inconscient.) Je travaillais tard un soir dans la boutique quand les trolls ont surgi par la porte de derrière et m'ont enlevée.

— Les trolls ne s'introduisent pas dans des lieux publics au hasard pour kidnapper des femmes, fit-il remarquer. Ils sont venus prendre le seul bien de valeur que possédait encore ton père.

— C'est un mensonge, cracha-t-elle. Mon père était un homme d'affaires prospère qui…

— Ton père était un joueur invétéré, affirma-t-il, interrompant son démenti farouche.

Elle tressaillit.

— Autrefois, mais il a arrêté quand il a ouvert la bijouterie. Il me l'a promis.

— Les promesses d'un joueur valent à peu près autant que l'or d'un gobelin, répliqua Baine.

Elle grimaça. Personne n'ignorait que les gobelins pouvaient faire passer des scories pour de l'or. Seul un imbécile accepterait une pièce de la part de ces démons fourbes.

— Qu'en savez-vous ?

Baine n'était pas près d'avouer avoir consacré des années à enquêter sur elle. Du décès de sa mère quand elle n'était encore qu'une enfant à sa passion pour la pâtisserie. Il avait appris qu'elle avait toujours rêvé de posséder son propre commerce et qu'elle avait commencé à travailler dès son plus jeune âge pour aider son bon à rien de père.

Il s'approcha d'une table placée près de l'estrade du trône et tendit la main pour tapoter le dessus d'une boîte en bois de rose marquetée d'or. Une seconde après, il en souleva le couvercle.

L'objet était magiquement relié à sa vaste bibliothèque et pouvait transporter le livre, manuscrit ou artefact de son choix.

Plongeant la main à l'intérieur, il saisit le rouleau de parchemin et se retourna vers Tayla. Puis il marcha dans sa direction, pour s'arrêter juste devant elle et dérouler le fragile document.

— Est-ce la signature de ton père ?

Il lui indiqua le nom griffonné au bas de la feuille.

Même à la lueur des flambeaux, celui-ci était manifestement écrit avec du sang. Autrement dit, il ne pouvait avoir été contrefait.

Tayla se pencha, les sourcils froncés.

— Qu'est-ce que c'est ?

— L'accord conclu entre ton père et Skragg, le roi des trolls des montagnes des Mojaves.

Elle eut le souffle coupé, et son démenti furieux laissa place à une émotion qui ressemblait à de la peur tandis qu'elle scrutait les lignes de nombres bien ordonnées jusqu'au total en pied de page.

— C'est impossible, marmonna-t-elle enfin, ridiculement déterminée à nier l'évidence. Même si mon père jouait, il n'aurait jamais pu accumuler une dette de plus de cent mille dollars.

Baine haussa les épaules.

— Les trolls ont la réputation d'extorquer des taux d'intérêt exorbitants à leurs victimes. C'est pourquoi seuls les plus stupides ou les plus désespérés choisissent de leur emprunter de l'argent.

— D'accord. (Les épaules voûtées, elle s'humecta les lèvres.) Si mon père devait de l'argent à ce Skragg, il aurait pu utiliser les joyaux de la boutique pour le rembourser.

— C'est ce qu'il a fait, l'informa Baine, une étrange sensation lui nouant soudain le ventre.

Il n'aimait pas la façon dont la souffrance lui assombrissait les yeux. Ni les tremblements qui agitaient son corps. Mais elle devait connaître la vérité, non ?

Si elle comprenait qu'elle n'avait pas le droit de le fuir, il n'aurait plus à la garder prisonnière. Il fit glisser son doigt vers le nombre en bas de la feuille.

— C'est la somme qu'il devait après avoir promis le contenu de sa boutique. Après avoir cédé les pierres précieuses, il n'avait plus rien de valeur à offrir. (Il capta et retint son regard méfiant.) À part toi.

Chapitre 3

Tayla avait l'impression qu'on lui avait cogné la tête contre un mur.

Cela avait été terrible de penser qu'elle avait été la victime malheureuse des trolls. Et qu'un dragon impitoyable la traquait.

Mais la vérité…

C'était tellement pire.

Certes, les sidhes avaient une tendance naturelle à être des créatures inconstantes et qui ne se refusaient rien, et pour être honnête, son père, Odel, avait porté l'égoïsme à des sommets inégalés. Ce qui expliquait certainement que ses frères aînés lui avaient tourné le dos dès qu'ils avaient été en âge de quitter le nid.

Mais la vendre à des marchands d'esclaves juste pour payer ses dettes de jeu était inconcevable.

— Je ne peux pas le croire, souffla-t-elle.

— Il le faut, ma jolie sidhe. Tout est écrit noir sur blanc. (À dessein, il s'interrompit.) Et avec du sang.

Elle baissa la tête, incapable de croiser son regard d'ambre brûlant. Elle refusait d'admettre qu'elle appartenait vraiment à ce dragon arrogant. Et elle ne voulait surtout pas qu'il soit témoin de son sentiment d'humiliation grandissant.

— Il avait promis, marmonna-t-elle avec stupidité.

Baine se pencha pour lui chuchoter au creux de l'oreille.

— Tu reconnais l'authenticité du contrat ?

Elle frissonna, cette sensation dangereuse, qui la faisait se sentir toute chose et qu'elle n'avait jamais éprouvée avec nul autre homme, coulant en elle.

— Ai-je le choix ? grommela-t-elle.

Des lèvres, il effleura une zone érotique juste sous sa joue. À moins que la chaleur qu'il dégageait rende n'importe quel endroit de son corps électrique.

Dangereux, dangereux, dangereux...

— Et que les trolls t'ont donnée de bonne foi à mon père, et que j'avais donc le droit de t'acheter ?

— Je n'ai jamais accepté de devenir votre concubine, protesta-t-elle d'une voix rauque.

— Très bien. (De la bouche, il créa un chemin brûlant le long de son cou.) Dans ce cas, il faut rembourser la dette.

Elle vacilla, traversée par d'exquises pointes de plaisir quand il déploya une petite explosion de pouvoir qui lui imprima une marque sur la peau à l'endroit où il attardait ses lèvres.

Elle aurait dû avoir mal : elle ne doutait pas que son feu de dragon lui avait brûlé le cou. Mais elle devint moite entre les cuisses.

Oh, très chère déesse.

Qu'est-ce qui ne tournait pas rond chez elle ?

— Je ne peux pas tout rembourser, souffla-t-elle, désespérée. Du moins, pas tout de suite. Mais j'ai de l'argent…

— Non. (Il releva brusquement la tête, ses traits élégants soudain durs.) C'est la dette de ton père et lui seul peut la payer.

— J'ignore comment le joindre, murmura-t-elle.

C'était vrai. Elle l'avait évité à dessein après s'être enfuie, de peur qu'on ne se serve de lui pour tenter de remonter jusqu'à elle.

Quelle blague. Tout ce temps, elle s'était efforcée de le protéger alors qu'il n'avait pas hésité à l'utiliser comme gage.

Baine l'examina avec une satisfaction pleine d'arrogance.

— Alors tu m'appartiens.

Il leva la main et des flammes jaillirent, manquant de l'aveugler. Puis il les laissa s'éteindre, pour révéler une délicate chaîne en or.

Une marque de dragon.

La panique la submergea tandis qu'il lui glissait avec calme le collier par-dessus la tête, le métal précieux chaud contre sa peau nue.

Le bijou avait beau être exquis, ce n'était pas juste un joli bibelot. C'était une proclamation visible de son appartenance à Baine. Et personne, pas même elle, ne pouvait l'enlever.

— Non.

De nouveau il baissa la tête, amplifiant la panique de Tayla en suivant des lèvres la ligne de son visage. Un simple frôlement, mais qui lui procura de minuscules explosions d'excitation. Comment pouvait-elle être en même temps terrifiée, furieuse et consumée de désir ?

— Si, murmura-t-il.

— Baine.

De la bouche, il lui brûla la gorge, et la caresse de son feu de dragon la fit trembler.

— J'aime quand tu prononces mon nom.

L'envie de le chuchoter à n'en plus finir était presque irrésistible.

Merde, merde, merdouille.

— Si vous vouliez juste m'accorder un délai, je vous rembourserais…

Brusquement, il l'interrompit en lui couvrant la bouche d'un baiser qui exigeait une capitulation totale.

— J'ai attendu vingt-cinq ans, murmura-t-il enfin contre ses lèvres frissonnantes. La dette sera payée maintenant.

Soudain, il souleva Tayla du sol et se dirigea vers l'une des portes à double battant situées derrière le trône.

— Où m'emmenez-vous ? demanda-t-elle d'une voix stridente.

— Dans mon harem, l'informa-t-il, franchissant la porte pour déboucher dans un long couloir tendu de tapisseries inestimables. Où d'autre voudrais-tu que je t'emmène ?

Où d'autre, en effet.

Tremblante tandis qu'il la serrait contre son torse, elle observa son visage à la dérobée pendant qu'il la portait avec aisance au bas d'une interminable volée de marches.

Une voix dans sa tête continuait à la mettre en garde à grands cris. Elle devait fuir. Ce dragon était dangereux. Et pas juste parce qu'il pouvait la transformer en cendres.

La première fois qu'elle avait rencontré Baine, elle s'était dit que sa réaction farouche à sa beauté sauvage était due à son état de faiblesse.

Elle avait été kidnappée, terrorisée et jetée par un portail dans le repaire d'un dragon.

N'importe qui à sa place aurait été un peu à cran.

Mais cette fois elle ne pouvait prétendre que sa réaction traduisait autre chose que l'attirance criante d'une femme pour un mâle superbe et sensuel. Elle devait se sauver avant que ses désirs perfides la poussent à faire une bêtise.

Mais alors même que l'envie de fuir vibrait en elle, une autre partie de son esprit lui chuchotait qu'elle se montrait injuste.

Comment pouvait-elle partir ?

Elle avait beau le détester, son père l'avait offerte en guise de paiement. Certes, la dette était celle d'Odel, mais il l'avait réglée en vendant sa fille unique.

Ne manquerait-elle pas à son honneur en tentant de s'échapper ?

Enfermée dans ses pensées sinistres, elle remarqua à peine ce qui l'entourait jusqu'à ce que Baine s'arrête et la dépose avec lenteur sur ses pieds. S'écartant d'un pas de la chaleur torride qu'il dégageait, elle parcourut des yeux la vaste cour aux pavés lisses au centre de laquelle trônait une grande fontaine.

Au-dessus d'eux, un dôme en nid-d'abeilles laissait passer un patchwork doré de soleil. Une illusion ? Probablement, mais qui semblait réelle. Une magnifique mosaïque de bleu, de jaune et d'un rouge éclatant ornait le sol carrelé tandis que les fenêtres étaient délicatement treillissées. Elle remarqua aussi des urnes en bronze plus hautes qu'elle et des lustres incrustés de joyaux à couper le souffle.

Tout au fond de la cour, des portes cintrées conduisaient aux appartements privés à l'intérieur desquels elle apercevait des divans abondamment garnis de coussins et d'énormes oreillers de velours. À coup sûr, ces pièces étaient remplies de belles femmes qui consacraient leur vie à plaire à leur maître.

En matière de prison, ce n'était pas trop mal.

Elle grimaça, le regard rivé sur la fontaine qui projetait une pluie d'eau scintillante dans les airs. D'accord. C'était mieux que « pas trop mal ». Elle n'avait jamais rien vu qui s'approche autant du paradis.

Mais cela n'en restait pas moins une prison.

Elle poussa un soupir mélancolique, surprise quand Baine lui tourna le visage vers lui d'une main sur le menton pour plonger son regard soucieux dans le sien.

— Arrête, ordonna-t-il d'un ton brusque.

Tayla fronça les sourcils.

— Arrêter quoi ?

— D'avoir l'air si blessée, gronda-t-il, la frustration couvant dans ses yeux d'ambre. Ça me… dérange.

— Ça vous dérange ? répéta-t-elle.

Était-il sérieux ? S'attendait-il à ce qu'elle saute de joie ?

— Et moi ? reprit-elle. Je viens juste d'apprendre que mon père m'a vendue comme un bien.

Il l'examina, faisant glisser ses doigts avec douceur le long de sa gorge pour les attarder sur la petite brûlure sensible qu'il avait créée de son baiser de dragon.

— Redoutes-tu le temps que tu vas passer avec moi ? s'enquit-il d'une voix ténébreuse qui trahissait le fait qu'il n'aimait pas l'idée qu'elle puisse avoir peur de lui. Je n'ai pas l'intention de te faire du mal.

Étrangement, elle le croyait. Ses caresses étaient empreintes de possessivité, mais ô combien tendres. Comme s'il bridait délibérément son pouvoir pour s'assurer de ne pas la meurtrir.

Elle frissonna. *Vilaine Tayla.* Elle n'était pas censée songer à ses délicieuses caresses. Ni imaginer ses doigts fins qui glissaient sur son corps nu pendant qu'il lui écartait doucement les cuisses et…

— Ce n'est pas le problème, grommela-t-elle brusquement.

Argh. À l'évidence, ce dragon lui embrouillait les idées.

Il joua avec le minuscule ruban qui courait dans l'encolure de sa chemise de nuit, et le dos de sa main lui effleura le haut de la poitrine.

Des étincelles crépitèrent sur sa peau.

— Alors c'est quoi ? demanda-t-il.

Elle lutta pour s'en souvenir. Elle avait un problème. Évidemment qu'elle en avait un. Il lui était juste difficile de réfléchir quand ses tétons étaient durs.

— J'ai une vie. Un commerce, dit-elle, parvenant enfin à se raccrocher à une raison. Je ne veux pas faire partie de votre harem.

Baine poussa un grognement contrarié. Pourquoi compliquait-elle autant la situation ?

Elle devrait lui être reconnaissante de l'avoir conduite dans son harem, qui avait été spécialement conçu pour son confort. Et de l'avoir traitée avec une telle sollicitude.

Ce n'était pas comme si elle ne partageait pas son désir. Son émoi parfumait l'air comme la senteur la plus délicate.

Tiraillé entre le besoin de la porter jusqu'au lit le plus proche pour lui prouver que sa répugnance n'était qu'une façade et sa fierté qui exigeait qu'elle admette la vérité sans qu'il l'y oblige, Baine se raidit quand Char chuchota dans son esprit.

Bon sang.

Quoi maintenant ?

— Choisis une chambre et enfile une des robes, ordonna-t-il, indiquant d'un geste la porte cintrée. Je reviendrai partager ton dîner.

Soudain, Tayla le retint par le bras.

— Baine, dit-elle en une douce protestation.

Il avait le regard rivé sur ses doigts contre sa peau nue. Ils étaient fins, pâles et d'une féminité exquise par contraste avec les tatouages saisissants qui lui tourbillonnaient sur le corps.

C'était la première fois qu'elle le touchait de sa propre initiative. Une sensation… cataclysmique.

— Tu as reconnu m'appartenir, répliqua-t-il d'un ton sec.

Il n'était pas disposé à lui dévoiler l'ampleur de sa réaction.

Après un silence, elle hocha la tête à contrecœur.

— Oui.

— Alors obéis à mes ordres.

Lui écartant la main, il se retourna pour sortir de la cour. Il était parvenu à la porte quand sa voix l'arrêta brusquement.

— Combien de temps ? demanda-t-elle.

Il regarda par-dessus son épaule et ressentit un drôle de pincement au cœur face au spectacle qu'elle offrait seule au milieu de la salle. Les épaules redressées et le menton relevé avec fierté, elle aurait dû avoir l'air idiot. Il pouvait la détruire d'une bouffée de feu.

Mais il n'avait jamais rien vu de plus beau.

Ses cheveux lui retombaient dans le dos, et des reflets d'or brillaient au soleil qui entrait à flots par le dôme. Ses yeux étaient de la couleur de l'émeraude la plus pure avec des éclats de jade. Et son corps svelte était visible sous la fine étoffe de sa chemise de nuit.

— Quoi ?

— Combien de temps devrais-je rester votre prisonnière ?

Il se renfrogna. *Quelle sidhe exaspérante.*

Des siècles durant, il avait goûté au plaisir de voir les femmes se battre avec enthousiasme pour se glisser dans son lit. Quelques-unes avaient tué pour ce privilège. Alors pourquoi celle-ci feignait-elle qu'être sa maîtresse était une punition ?

— Tu es ma courtisane, pas ma prisonnière, l'informa-t-il. Et tu resteras auprès de moi jusqu'à ce que je t'autorise à partir.

Elle pinça les lèvres.

— En d'autres mots, je suis votre prisonnière.

— Tu es très têtue.

— Non, juste lasse de voir ma vie fichue en l'air par des hommes qui s'imaginent que je leur appartiens.

Avec un grognement d'impatience, Baine sortit de la cour.

— Prépare-toi pour mon retour, ordonna-t-il d'un ton qui ne laissait place à aucune discussion.

Il grimpait l'escalier quand il entendit un bruit de verre brisé. Tayla venait juste de détruire l'une de ses urnes hors de prix. Soudain, ses lèvres tremblèrent. Puis il rejeta la tête en arrière et éclata d'un rire tonitruant.

Il espérait qu'il s'agissait de l'orange incrustée d'opales tape-à-l'œil qu'il avait reçue en cadeau de la part d'une vieille tante.

Il détestait cette horreur.

Refusant de se pencher sur les réactions étranges et imprévisibles que provoquait en lui la sidhe, il se concentra sur l'homme svelte qui se tenait sur la dernière marche.

— Char, murmura-t-il, s'arrêtant juste devant son serviteur. Je n'ai peut-être pas indiqué assez clairement que je ne souhaitais pas être dérangé.

L'hybride grimaça, et ses yeux s'assombrirent jusqu'à ressembler à de la fumée.

— Tu as été clair, mais nous avons un problème.

Aussitôt Baine fut sur le qui-vive.

— Je t'écoute.

— Ton père.

— Oui ?

— Il vient d'arriver.

Quoi ? Baine se figea momentanément. Il n'aurait pas été plus choqué si Char lui avait appris l'existence de la petite souris.

Puis, secouant la tête, il se dirigea vers sa salle du trône, avalant les mètres à longues enjambées.

— A-t-il fourni une raison à sa visite ?

L'expression sinistre, Char accéléra pour ne pas se laisser distancer.

— Non, mais il a apporté des présents.

— Bon sang.

La méfiance remplaça rapidement la stupéfaction initiale de Baine alors qu'il avertissait son ami du regard.

— Dis aux gardes de se tenir prêts.

D'instinct, Char toucha le poignard à la lame de diamant qui était fixé sous sa chemise.

— Tu t'attends à des ennuis ?

Baine serra les dents.

— Si mon père arrive les bras chargés de cadeaux, il compte tenter de me soudoyer pour que je fasse un truc ignoble. Ou…

— Ou ? insista Char.

— C'est une déclaration de guerre.

Ouvrant la porte, Baine s'avança dans la salle du trône. Aussitôt une vague de chaleur explosa autour de lui. Même en s'étant préparé au pouvoir de son père, il tressaillit.

Synge était un grand prédateur cruel à l'intelligence redoutable. En l'occurrence, il avait choisi une forme humaine aux cheveux foncés coupés court et aux yeux de la couleur de l'argent astiqué. Il arpentait la salle dans sa longueur, vêtu d'un pantalon en cuir et d'un tee-shirt noir qui semblait avoir été cousu sur son large torse.

Il arborait des tatouages semblables à ceux de Baine, même s'ils étaient loin d'être aussi nombreux et s'ils ne tournoyaient pas. Ils s'effaçaient et réapparaissaient, pour parfois disparaître pendant des jours.

Synge préférait la force brutale à l'intelligence. Il n'avait jamais collectionné la connaissance.

Restant près de la porte, Baine attendit que son père cesse de faire les cent pas et se tourne vers lui avant d'exécuter une petite révérence.

— Sire.

L'homme s'avança vers lui, son large visage aux traits grossiers indéchiffrable.

— Baine.

— À quoi dois-je cet honneur ?

S'arrêtant à quelques mètres, Synge arqua un sourcil sombre.

— Un père ne peut-il rendre visite à son fils ?

Baine partit d'un rire cinglant. Son père l'avait jeté à la porte du repaire familial à la seconde où il avait été assez âgé pour constituer une menace. Synge ne partageait pas. Son harem ni son pouvoir, et certainement pas son trésor.

Et même si Synge l'avait parfois convoqué pour l'informer de la déception extrême que lui causait son fils aîné, pas une seule fois il n'avait mis les pieds dans son repaire.

— Si, mais en cinq cents ans vous ne vous êtes jamais donné la peine de venir me voir, alors vous comprendrez ma surprise, déclara Baine d'une voix traînante.

Synge croisa les bras, et un rictus lui tordit les lèvres.

— Et tu prétends que je n'ai aucune manière.

Baine haussa les épaules. Il ignorait ce que son père manigançait, et franchement il n'en avait rien à foutre. Le seul truc qui l'intéressait, c'était de rejoindre la femme avec qui il rêvait de coucher depuis vingt-cinq ans.

— Je n'ai pas de temps à perdre, répondit-il d'un ton froid.

— C'est ce que j'ai entendu dire, rétorqua son père du tac au tac.

Baine se raidit. Un horrible pressentiment s'immisça en lui, lui nouant le ventre.

— Quoi donc ? demanda-t-il.

— Que tu as ma jolie petite sidhe.

Merde. Pourquoi ne s'était-il pas douté que l'apparition de son père était liée à Tayla ? Les coïncidences n'existaient pas.

Mais il était vraiment pris au dépourvu.

Réprimant impitoyablement l'agressivité qui explosa en lui à la seule pensée qu'un autre homme puisse s'intéresser à sa femme, il serra les poings.

— Qui vous l'a appris ?

— Aucune importance. (Son tee-shirt faillit se déchirer en deux quand, à dessein, il banda les muscles.) Je la veux.

— Non.

Le danger vibra dans l'air. Personne ne disait « non » à Synge.

— Les trolls me l'ont donnée.

— Et je te l'ai achetée.

De la main, Synge indiqua le lourd coffre posé sur le trône de Baine.

— Je te rends ton paiement.

Baine s'obligea à respirer profondément. *Seigneur.* Tous ses instincts le poussaient à attaquer.

Peu importait que ce dragon soit son père. Ou que Synge lui offre une fortune pour racheter la sidhe. Sa nature primitive savait seulement qu'un autre mâle tentait de lui enlever sa femelle.

Une fois ses envies meurtrières étouffées, son cerveau reprit le dessus, lui permettant d'envisager l'arrivée inattendue de son père avec une logique plus que bienvenue.

D'abord il s'agissait de découvrir comment Synge avait appris qu'il avait réussi à retrouver Tayla. Il devait abriter un espion parmi les siens, bien sûr. Comment expliquer sinon que son père ait été informé si rapidement de la présence de la sidhe.

Le feu de dragon lui lécha la peau. Baine s'occuperait du traître plus tard.

Pour l'instant, il se souciait bien plus de mettre au jour la nature de l'intérêt que son père portait à Tayla. Ce devait être important pour qu'il rende une fortune en or et une émeraude de la taille d'une balle de base-ball.

— Pourquoi ? demanda-t-il.

Brusquement, Synge se retourna pour marcher vers le mur opposé, feignant d'être intrigué par une statue en marbre abritée dans une niche peu profonde.

— Je veux la sidhe, répéta-t-il.

Baine fronça les sourcils avec force. Son père n'était pas plus subtil que retors ou capable de concevoir des machinations compliquées. C'était une brute au franc-parler qui frôlait l'impolitesse.

Alors que cachait-il ?

— Pour quoi faire ? insista-t-il.

— La même chose qu'avec n'importe quelle femme. (Le visage rougeâtre, Synge pivota pour lui faire face.) Pour réchauffer mon lit.

Il mentait.

La question était… pourquoi ?

— Si c'était vrai, vous choisiriez une concubine de votre harem, répliqua Baine. Vous n'avez pas besoin de payer pour une bouillotte.

Synge jeta un coup d'œil au coffre posé sur le trône.

— Tu as été prêt à payer.

Baine secoua la tête.

— Dites-moi pourquoi vous la voulez.

Un grondement sourd s'éleva de la poitrine de son père.

— C'est une créature magnifique et elle n'a pas quitté mes pensées depuis sa… (l'espace d'un instant il hésita) disparition.

Baine s'avança vers lui, et son pouvoir rendit l'air mordant.

— Je ne vous crois pas.

— Je t'ai rapporté ton règlement, martela Synge avec hargne, son ton agressif conçu pour intimider. Maintenant donne-moi la sidhe.

— Non.

La tension était palpable, la promesse d'un affrontement sanglant une force tangible.

Puis, au prix d'un effort manifeste, Synge brida son hostilité.

— Ainsi, tu es bien mon fils finalement, railla-t-il. Bien. Tu souhaites plus de trésors ? Je suis disposé à marchander.

Cela ne ressemblait tellement pas à son père de suggérer de négocier, plutôt que de prendre de force ce qu'il voulait, que Baine aurait dû hurler de joie.

Combien de fois avait-il rêvé de voir son père ramper à ses pieds ?

Mais toute pensée logique vola en éclats quand la bête à l'intérieur de lui rugit, et il redouta soudain d'exploser sous la rage qui vibrait en lui.

Marchander Tayla ?

Jamais de l'enfer.

— Elle n'est pas à vendre, affirma-t-il d'une voix rauque.

Un étrange désespoir brilla dans les yeux argentés de son père.

— Bien sûr que si. (Synge s'avança, les mots que Baine croyait ne jamais entendre s'échappant de ses lèvres.) Dis-moi ton prix.

Baine ne pouvait pas se concentrer sur le comportement bizarre de son père. Pas tant qu'il ne se serait pas certain que ce salopard avait compris qu'il ne mettrait jamais la main sur Tayla.

— Rien de ce que vous pourriez m'offrir ne me tentera. (La salle du trône trembla sous la violence de sa colère.) Elle m'appartient.

Les poings serrés, Synge esquissa un pas.

— J'ai essayé de régler ça à l'amiable, Baine, mais j'aurai cette sidhe d'une façon ou d'une autre.

Baine tourna les talons et se dirigea vers la sortie. Il devait rejoindre Tayla. Pour vérifier que son trésor n'avait pas été volé pendant son absence.

— En ce qui me concerne, cette conversation est close, annonça-t-il.

— Ne sois pas idiot, Baine, l'avertit Synge. Si tu te dresses en travers de mon chemin, je te détruirai.

Baine n'hésitait jamais. Ouvrant la porte d'un coup sec, il fit signe à son serviteur qui attendait.

— Char, mon père s'en va. (Il se précipita vers l'escalier.) Assure-toi qu'il ne revient pas.

Chapitre 4

Tayla arpentait la cour lorsqu'elle entendit un bruit de pas qui approchaient.

Baine.

Un frisson de plaisir anticipé lui parcourut la peau.

Il s'était écoulé moins d'une demi-heure depuis qu'elle l'avait vu, mais son corps réagissait comme s'il avait attendu une éternité pour sentir de nouveau la caresse de son feu de dragon.

Cette prise de conscience n'était pas pour lui plaire.

Tayla ne voulait pas éprouver de désir pour cette créature à la beauté impossible. Pas quand c'était ce dragon qui avait détruit sa vie.

D'accord. Ce n'était pas entièrement juste. Son père était le responsable ultime, mais n'empêche… C'était Baine qui la retenait prisonnière, non ?

Écrasant le désir qui vibrait dans le creux de son ventre, elle le regarda s'avancer vers elle à grandes enjambées empreintes d'une grâce inhumaine.

Si elle n'avait pas été distraite par sa réaction déplacée, Tayla aurait peut-être remarqué son expression sévère et le tournoiement frénétique de ses tatouages alors qu'il s'arrêtait devant elle.

Mais elle attisa farouchement les flammes de sa colère, prête à se battre.

— Nous devons… (Ses mots hargneux moururent sur ses lèvres quand il baissa les yeux sur sa chemise de nuit.) Pourquoi ne t'es-tu pas changée ?

Les yeux plissés, elle le foudroya du regard. Elle avait rapidement inspecté son nouveau domicile pendant son absence, stupéfaite par l'élégance subtile des différentes pièces. Où était passée l'atmosphère vulgaire de boîte de strip-tease qu'elle s'était attendue à trouver dans un harem ?

Elle avait été encore plus surprise en comprenant qu'elle était complètement seule. Elle n'avait pas vu le moindre signe indiquant qu'une autre femme vivait dans la vaste demeure.

Jusqu'à ce qu'elle ouvre les penderies et découvre des dizaines de robes vaporeuses conçues pour séduire un homme.

À la pensée de porter les vêtements des maîtresses de Baine, elle tremblait de dégoût.

— Je ne mets pas les vieilles fringues d'autres femmes.

Il se renfrogna.

— Qu'est-ce qui te fait croire qu'elles appartiennent à d'autres femmes ?

Elle grimaça.

— Elles ont une odeur de…

— Quoi ?

— De parfum, reconnut-elle.

— Ah. (Contre toute attente, les traits de Baine se détendirent, presque comme si ses paroles lui plaisaient.) Et l'idée de mes concubines te dérange ?

Ouais. Elle ne s'aventurerait pas sur ce terrain glissant. Elle se ferait arracher la langue plutôt que d'avouer que ses autres femmes l'ennuyaient.

— Je veux mes propres vêtements.

Il tendit la main pour suivre le ruban qui courait le long de l'encolure de sa chemise de nuit.

— Ces robes ont été apportées ici rien que pour toi, murmura-t-il. Aucune autre femme ne les a touchées.

— Oh.

Elle vacilla. Les robes lui appartenaient. Ce qui semblait… d'une délicatesse dangereuse. Elle se mordit la lèvre inférieure, le cœur battant alors qu'il lui effleurait des doigts le haut de la poitrine. *Merde.* Elle allait se liquéfier de désir si elle n'y prenait pas garde.

— Je préfère quand même avoir mes propres vêtements, se força-t-elle à dire d'une voix étranglée.

Elle vit une invitation coquine couver dans ses yeux couleur d'ambre.

— Pourquoi ?

Pourquoi ? Elle avait une raison. Plusieurs raisons parfaitement logiques.

Si seulement elle parvenait à s'en souvenir.

Elle déglutit et s'obligea farouchement à se concentrer sur le fait qu'elle n'était qu'un bien parmi d'autres pour cet homme. Une partie des richesses d'un dragon, dont il ferait usage et qu'il jetterait de côté dès qu'un nouveau trésor plus brillant apparaîtrait.

— Vous m'avez arrachée à ma maison, mon commerce et mes amis, réussit-elle à articuler. Je veux quelque chose qui soit à moi.

Il observa son expression têtue, se demandant certainement pourquoi il avait autant souhaité l'amener dans son harem.

— Tu es toujours aussi pénible ? s'enquit-il enfin.

— Si vous voulez une esclave docile, alors vous devriez choisir une autre femme de votre harem.

Un mélange d'émotions flamboya dans ses yeux ambrés.

La possessivité. Le désir. Une pointe déroutante de méfiance.

— Je t'ai choisie, toi, l'informa-t-il.

— C'est bien ma chance, grommela-t-elle, se persuadant que les mots de Baine ne la faisaient pas trembler de plaisir.

Non qu'elle parvienne à se duper elle-même.

Pas plus que le dragon, qui sourit avec une satisfaction masculine empreinte de suffisance en percevant ses minuscules frissons.

— En effet, convint-il, passant un bras autour de sa taille pour l'attirer contre la chaleur torride de son corps.

Puis, enroulant les doigts dans ses cheveux, il lui inclina la tête en arrière pour plonger son regard avide dans le sien.

— Tu as beaucoup de chance que je sois disposé à ne pas tenir compte de ton obstination ridicule à feindre de ne pas vouloir être ma concubine.

Elle eut la bouche sèche et son corps se détendit en épousant les muscles fermes de Baine. Sa fierté, cependant, se rebella aussitôt contre sa supposition égotiste qu'il était irrésistible.

Ce qui était le cas, bien sûr. Mais elle ne l'admettrait pour rien au monde.

— Vous prenez vos désirs pour la réalité ? protesta-t-elle.

Baine posa la main à plat sur le bas de son dos pour la pousser contre la dure avancée de son érection.

— Je suis honnête, et tu ne peux pas en dire autant, ma douce Tayla.

Son ventre se noua, et un vide lancinant vibra entre ses cuisses.

Elle avait envie d'enrouler les jambes autour de sa taille pour sentir son sexe massif s'enfoncer avec lenteur en elle. Elle voulait qu'il colle les lèvres à sa gorge et la brûle de ses baisers de dragon.

Ces images saisissantes la frappèrent avec une force stupéfiante.

Argh. À l'évidence, cela faisait bien trop longtemps qu'elle n'avait pas eu d'amant. À présent, elle haletait de désir brutal.

— Arrêtez, grommela-t-elle, levant les mains pour les poser sur son torse.

Il enfouit le visage dans son cou et inspira profondément.

— Je sens ton désir. (Il resserra les doigts dans ses cheveux.) Un parfum qui me hante depuis vingt-cinq ans.

La panique la transperça. Qu'est-ce qui clochait chez elle ? Elle était censée endurer ses caresses avec une résignation méprisante, non ?

Après tout, il pouvait exiger d'utiliser son corps, mais par fierté elle devait feindre que c'était complètement contre son gré.

Au lieu de quoi, elle fondait comme une esclave sexuelle sans volonté.

— C'est parce que vous vous servez d'une magie de dragon bizarre sur moi, l'accusa-t-elle, désespérée.

Il releva la tête pour la dévisager avec perplexité.

— Une magie de dragon ?

— Ne me dites pas que vous ne pouvez pas forcer les femmes à vous désirer.

Il la regarda fixement, puis avec un petit rire il baissa la tête et recommença à tracer un chemin de baisers ravageurs le long de sa gorge.

— C'est vrai, reconnut-il sans la moindre once de modestie. Mais ça n'a rien à voir avec de la magie.

De la langue il toucha le pouls qui battait à la base de son cou, et Tayla ferma brusquement les yeux. *Oh… bon sang.* Au diable sa fierté. Elle voulait fondre sous le plaisir doré qui coulait en elle comme du miel chaud.

— Baine, souffla-t-elle.

Il déposa des baisers audacieux sur le haut de sa poitrine.

— Dis-le encore, ordonna-t-il.

— Baine, murmura-t-elle.

Pas parce qu'il le lui avait demandé. *Zut, non.* Son nom se trouvait juste être le seul mot qu'elle était capable de prononcer alors que des lèvres il plongeait dans son décolleté.

Elle planta les ongles dans son torse et d'instinct avança les hanches. Avec juste deux fines couches de tissu entre eux, elle sentait parfaitement les contours de son érection qu'il frottait contre son bas-ventre.

Elle n'aurait qu'à tirer sur son pantalon pour empoigner son sexe et…

Ce fantasme venait à peine de se former dans son esprit qu'il prit fin sans ménagement quand Baine grommela un juron tout bas et releva la tête à contrecœur pour l'observer d'un regard soucieux.

— Nous ne pouvons pas continuer ici, gronda-t-il. Nous devons partir.

Elle le dévisagea fixement. *Partir ?* Son corps tremblait de désir, et il voulait partir ?

— Pour aller où ? souffla-t-elle.

— Ce repaire n'est plus sûr.

Oh. Avec lenteur, elle secoua la tête, tentant de se concentrer sur sa mise en garde. Qu'est-ce qui pouvait bien menacer la sécurité d'un repaire de dragon ?

Une horde de démons ? Une épidémie d'Ebola ? Une invasion d'extraterrestres ?

Rien de tout cela ne semblait plausible.

— Comment ça ?

Il lui effleura la joue du bout des doigts avant de reculer.

— C'est une question à laquelle toi seule peux répondre.

— Moi ?

Avant qu'elle ait pu lui demander des explications concernant son accusation énigmatique, Baine la saisit par le poignet. Chuchotant une formule magique, il ouvrit un portail et l'y entraîna.

Baine sortit du portail, goûtant encore sur ses lèvres la saveur acidulée de citron et de femme chaude et consentante.

C'était…

Il lutta pour trouver le terme adéquat.

Exaspérant, décida-t-il finalement.

Il comprenait le désir sexuel. Et le besoin de protéger ses trésors. Il était un dragon après tout. Cela lui était aussi naturel que de respirer. Mais cette envie irrésistible de toucher et prendre soin de cette femme devenait une obsession qui accaparait chacune de ses pensées.

S'il était intelligent, il arrêterait les frais et partirait.

Des milliers de femmes pouvaient remplir son harem. Toutes capables d'assouvir ses appétits sans perturber sa vie bien organisée.

Mais alors même qu'une voix dans son esprit lui chuchotait de rendre sa liberté à Tayla et de retourner dans son repaire, il resserra encore son étreinte sur le coude de la sidhe en émergeant du portail avec elle.

Cette femme lui appartenait. Peu importait ce qu'il devrait faire, ou qui il devrait tuer : il la garderait.

Presque comme si elle avait perçu l'intensité de ses émotions, Tayla frissonna et écarquilla les yeux en découvrant la grande maison enveloppée de ténèbres.

— Vous m'avez ramenée chez moi ? souffla-t-elle, un sourire se dessinant sur ses lèvres.

Il haussa les épaules, et son cœur se serra à la vue de sa joie.

— Tu as dit que tu voulais tes affaires.

Soudain, elle se libéra de son étreinte et se précipita vers la vaste véranda.

— Je…

Elle poussa un petit cri étranglé quand il la saisit par le bras pour l'arrêter d'un coup sec. *Bon sang.* Il avait été si préoccupé par cette femme qu'il n'avait absolument pas prêté attention au danger qui les menaçait.

Quel imbécile.

— Attends, Tayla, dit-il d'un ton brusque.

À la seconde où elle aperçut la porte d'entrée qui avait été arrachée de ses gonds et la fenêtre cassée, il le sentit.

— Qu'avez-vous fait ? demanda-t-elle d'une voix tragique.

Baine se hérissa, immédiatement offusqué. Il l'avait traitée avec le plus grand soin. Comment osait-elle insinuer qu'il saccagerait sa maison comme un barbare ?

— Qu'est-ce qui te fait penser que c'est mon œuvre ?

— Vous êtes mon seul ennemi.

— Je ne suis pas ton ennemi…

Il mit un terme à cette discussion ridicule quand une odeur de granit satura l'air.

Tournant la tête, il vit une gargouille naine surgir du côté du bâtiment pour se précipiter droit sur Tayla.

— Ah, *ma belle**, s'écria l'étrange créature, battant de ses grandes ailes dans son agitation. Es-tu blessée ?

À sa vive contrariété, Tayla sembla heureuse de voir la gargouille.

— Je vais bien.

— Dieux merci. J'ai été si… Aah !

La gargouille poussa un glapissement surpris quand Baine la saisit par une corne atrophiée et la souleva du sol.

Il fronça les sourcils. Il reconnaissait cette odeur. Les vampires qui étaient venus demander son aide avaient été en compagnie de ce démon nain peu de temps auparavant.

Alors que faisait-il dans la maison de Tayla ? Et, surtout, pourquoi s'imaginait-il pouvoir la traiter avec une telle familiarité ?

Aucun mâle, même minuscule, n'était autorisé à toucher sa femme.

— Qui es-tu ? rugit-il.

La gargouille battit des ailes.

— Je suis le grand Levet. Vous avez certainement entendu parler de moi.

— Non, mais tu vas payer pour tes méfaits.

Il laissa son feu danser sur sa peau. Une mise en garde tangible contre les flammes meurtrières qu'il pouvait faire apparaître d'un souffle.

Tayla le retint d'une main sur son bras. Aussitôt il éteignit son feu. Les flammes ne la brûleraient pas, mais elle avait la peau si délicate qu'il ne voulait pas risquer d'y imprimer même la plus petite trace.

À moins qu'il s'agisse de sa marque de dragon, se rappela-t-il en silence. Il éprouvait une satisfaction farouche à la voir porter la chaîne dorée qui prévenait tous les mâles qu'elle n'était pas libre.

— Baine, non, l'implora-t-elle.

Il jeta un regard mauvais à la gargouille dénommée Levet.

— Cette créature a osé dégrader ta propriété.

— *Moi** ? (La gargouille grimaça.) Pourquoi est-ce que je pocherais ma propre maison ?

Baine fronça les sourcils. Quoi ?

— Saccager, corrigea Tayla. C'est saccager sa maison.

Elle reporta son attention sur Baine.

— Lâchez-le.

Baine éprouva un étrange pincement au cœur.

— Tu partages ta demeure avec cette… chose ?

— Hé, râla Levet.

— C'est un démon capable de sentiments, pas une chose, protesta Tayla. Et c'est mon ami.

Sa véhémente défense de la gargouille n'apaisa en rien la contrariété de Baine, qui continua à foudroyer Levet du regard.

— Pourquoi es-tu si petit ?

Levet enroula la queue autour de ses pieds griffus qui pendaient au-dessus du sol.

— Je ne suis pas petit. Je suis agréablement compact.

Baine plissa les yeux.

— Hum.

Poussant un soupir impatient, Tayla s'avança pour examiner le vilain visage de la gargouille.

— Que s'est-il passé ?

— Je tentais de trouver un moyen de te sauver quand une bande de trolls s'est ruée dans la maison, lui dit Levet.

Baine lâcha soudain la gargouille, le regard rivé sur la demeure.

D'abord son père exigeait de reprendre Tayla. Et à présent des trolls ?

Il ne pouvait s'agir d'une coïncidence.

Tayla porta la main à sa poitrine, comme si la vision des dégâts lui était physiquement douloureuse.

— Pourquoi détérioreraient-ils ma maison ? souffla-t-elle.

Levet se déplaça pour se tenir à ses côtés.

— Je crois qu'ils cherchaient quelque chose.

— Quoi ?

— Toi.

— Oh.

Elle se mordit la lèvre inférieure, et ses iris s'assombrirent jusqu'à être de la couleur du jade au crépuscule.

— J'ai toujours craint qu'ils veuillent me punir de m'être échappée, chuchota-t-elle, posant les yeux sur Baine avec une vulnérabilité qui lui noua le ventre. Vous croyez que c'est pour ça qu'ils sont venus ?

Il n'en avait pas la moindre foutue idée, mais il mettrait le monde à sac pour les retrouver et les éliminer.

— Nous devons prendre tes affaires et quitter les lieux.

— Vous pensez qu'ils vont revenir ?

Avec lenteur, il hocha la tête.

— Maintenant qu'ils ont ton odeur, c'est une possibilité bien réelle.

— Comment l'ont-ils sentie pour commencer ? (Elle fronça brusquement les sourcils.) Tant qu'on y est, et vous ? La maison est enveloppée de sortilèges qui auraient dû me protéger.

Baine haussa les épaules alors que Levet se raclait la gorge.

— À ce sujet…

— Plus tard, l'interrompit Baine. Nous ne pouvons pas nous attarder ici.

Il n'avait pas le temps de se soucier des raisons pour lesquelles les sorts de Tayla n'avaient pas fonctionné. Le seul truc qui comptait, c'était de l'emmener dans un endroit où il pourrait s'assurer qu'elle était en sécurité.

— Un vrai tyran, grommela Tayla, grimpant les marches avant de franchir la porte ouverte.

Baine resta à ses côtés. Il s'était déjà servi de ses sens développés pour vérifier que personne d'autre ne se trouvait dans la maison, mais il voulait contrôler que les trolls n'avaient pas laissé de pièges derrière eux.

Il ne faisait pas confiance à ces salopards sournois.

En silence, ils traversèrent la demeure qui semblait encombrée d'une surabondance de meubles fleuris et de napperons en dentelle. Baine fut submergé par la rage à la vue de plusieurs bibelots cassés et à l'horrible puanteur de troll qui viciait le parfum chaud de pain qui sortait du four.

Cet endroit avait été le repaire de Tayla.

Une maison douillette où elle s'était sentie en paix.

Il détruirait chacun des maudits trolls qui avaient osé envahir son espace.

Tayla grimpa l'escalier jusqu'au premier étage et se dirigea vers la dernière porte au bout du couloir.

Se réjouissant à l'avance de cette occasion d'apercevoir le sanctuaire le plus intime de cette femme, Baine manqua de lui rentrer dedans quand elle s'arrêta brusquement et saisit par l'ouverture une valise qui était manifestement posée près de l'entrée.

Les sourcils froncés, il la soulagea de son bagage.

— Tu avais prévu de partir ?

Elle haussa les épaules, l'expression soudain impassible.

— Je suis en cavale depuis des années. Je suis toujours prête à me sauver.

Percevant une blessure qui suppurait depuis très longtemps, Baine grimaça.

Il n'avait pas besoin de lui demander qui la lui avait infligée.

Son bon à rien de père.

Tendant la main, il lui prit le menton pour lui incliner la tête en arrière.

— Tu ne me quitteras pas, dit-il en un avertissement sévère. Plus jamais.

Il vit ses yeux lancer des éclairs, et la contrariété chassa sa douleur. Baine dissimula un sourire. Il la préférait ainsi. Vivante, forte et plus que disposée à se battre malgré le fait que ce serait toujours un combat perdu d'avance.

Elle entrouvrit les lèvres, mais avant qu'elle ait pu prononcer un mot, cette idiote de gargouille s'avança dans le couloir en se dandinant, traînant sa queue lustrée derrière elle.

— Où allons-nous ? s'enquit l'étrange démon.

— Tu ne vas nulle part, répliqua Baine d'un ton brusque. Du moins, pas avec nous.

La gargouille battit des ailes.

— Mais…

— Va-t'en, ordonna Baine.

Tayla se tourna vers lui.

— Je veux parler à Levet en privé.

La bête à l'intérieur de lui rugit de rage. Peu importait que Levet soit une créature naine qui ne faisait manifestement pas le poids contre un dragon adulte. Ou que Tayla prétende qu'ils étaient amis.

Il refusait qu'un autre mâle s'approche de sa femelle.

— C'est trop dangereux, gronda-t-il. Nous devons partir d'ici.

— Je n'en aurai que pour une minute. (Elle soutint son regard et s'obligea à prononcer la formule magique.) S'il vous plaît.

Baine réprima un juron.

Il pouvait aisément l'emmener de force. D'une explosion de pouvoir, il pouvait ouvrir un portail et l'y traîner avant qu'elle ait pu protester.

Alors pourquoi ne le faisait-il pas ?

La réponse à cette question n'était pas facile.

— Je te laisse cinq minutes, lâcha-t-il, mettant en garde la gargouille du doigt. Tu la touches et je t'arrache les ailes.

Son avertissement délivré, il descendit l'escalier, portant la valise de Tayla.

Exactement comme s'il était un maudit groom, songea-t-il avec une incrédulité maussade.

Chapitre 5

Tayla regarda Baine descendre l'escalier à contrecœur.

Elle ne s'était pas vraiment attendue à ce qu'il lui accorde un délai. Baine était un dragon habitué à donner des ordres ; il n'en recevait pas. Elle respira profondément.

Bénie soit la déesse. Être près de Baine, c'était comme se tenir au milieu d'un orage. Elle avait l'impression d'être embrasée de la tête aux pieds.

Et pas d'une façon négative.

— Un peu possessif, pas vrai ? murmura Levet.

Tayla haussa les épaules et sentit ses joues s'empourprer sous le regard inquisiteur de la gargouille.

— C'est un dragon et il s'imagine que je suis une parcelle de son trésor, dit-elle.

— Et c'est tout ?

C'était tout, bien sûr. Même si une petite partie d'elle espérait…

Non. Elle ne s'aventurerait pas sur ce terrain glissant. Jamais.

— Ça ne suffit pas ? demanda-t-elle.

— Je ne sais pas.

Elle secoua la tête. Elle n'avait pas envie de discuter du fait qu'elle n'était qu'un butin de dragon.

— Écoute, je suis désolée, mais je vais devoir m'absenter un moment, poursuivit-elle. Si tu n'as pas peur des trolls, tu peux naturellement rester ici.

Levet renifla d'un air offusqué.

— Je n'ai pas peur des trolls.

— Bien. Je serai heureuse de te savoir là pour veiller sur la maison.

Elle laissa un sourire ironique se dessiner sur ses lèvres. Le minuscule démon allait vraiment lui manquer.

— *Non**, protesta-t-il en battant des ailes. Je vais trouver un moyen de te sauver de ce dragon d'une grossièreté déplaisante.

Elle secoua de nouveau la tête avant qu'il ait terminé de parler.

— C'est impossible.

— Bah. (Il esquissa un geste d'une main griffue.) Impossible est un mot que je ne connais pas, *ma belle**. Ne t'ai-je pas déjà dit être un C.F.D. agréé ?

Tayla fronça les sourcils. Elle était devenue assez experte en langage-à-la-Levet, mais voilà qui était nouveau.

— Un C.F.D. ?

— Chevalier sur son Fier Destrier.

Ah. Bien sûr. Elle réprima un petit rire.

— Je ne doute pas de tes… talents, mais c'est une question d'honneur. Je dois rester avec Baine jusqu'à ce qu'il décide de me libérer.

— Je ne comprends pas.

— Mon père, Odel, devait de l'argent aux trolls, avoua-t-elle à contrecœur. Beaucoup d'argent.

— Alors… *mon Dieu**. (Levet fit claquer sa queue autour de ses pieds quand il devina ce qu'elle entendait.) C'est à ton père de payer sa dette.

Elle sentit une pointe de résignation familière. Odel était passé maître dans l'art de gâcher sa vie en comptant en faire subir les conséquences à un autre.

— Il l'a payée avec moi.

— Tu dis qu'Odeur…

— Odel, corrigea-t-elle.

— Odel, grommela Levet avec mépris. Il t'a utilisée pour régler ses dettes de jeu ?

Elle hocha la tête avec réticence.

Levet replia ses ailes.

— S'il te plaît, ne fais pas ça, *ma belle**.

Comme si elle avait le choix ?

Soudain, Tayla grimaça. *Bon sang.* Il existait peu de trucs qu'elle détestait plus que ceux qui se complaisaient à s'apitoyer sur leur sort.

Elle avait pris la décision d'honorer la dette.

Elle n'allait pas se lamenter à présent.

— Je dois y aller. Je reviendrai dès que possible.

Elle toucha avec douceur l'une de ses cornes atrophiées avant de descendre l'escalier. Suivant les minuscules ondes de pouvoir qui vibraient dans l'air, elle trouva Baine qui l'attendait dans la véranda, sa valise à la main.

Alors qu'elle s'apprêtait à le rejoindre, elle s'arrêta brusquement en apercevant la petite figurine qui avait été cassée quand les trolls s'étaient introduits chez elle.

Avec un cri de détresse, elle se baissa pour ramasser avec délicatesse les morceaux brisés au sol.

Ce n'était pas un chef-d'œuvre. En fait, c'était un bibelot bon marché en provenance de quelque fête fae. Mais c'était l'un des rares objets ayant appartenu à sa mère que son père n'avait pas vendu.

Ce qui le rendait inestimable à ses yeux.

Elle sentit un courant d'air chaud l'envelopper comme une caresse avant que Baine se tienne près d'elle.

— On pourra la réparer, dit-il d'une voix à la douceur inattendue.

— Je suppose, marmonna-t-elle, posant les débris sur une table toute proche.

Elle s'occuperait des dégâts plus tard.

Se redressant, Tayla fut prise au dépourvu quand Baine lui effleura la joue des doigts, ôtant une larme isolée qui lui coulait sur le visage sans même qu'elle s'en aperçoive.

— Tu as l'air… triste, l'accusa-t-il d'un ton sec, comme si la réaction émotive de Tayla le mettait en colère.

La jeune femme renifla et posa les yeux sur la porte dégondée.

— J'aurais dû y réfléchir à deux fois avant de tenter de me construire un foyer, marmonna-t-elle, se parlant plus à elle-même qu'au dragon qui l'observait d'un regard soucieux. Chaque fois, ça ne fait que m'apporter des déceptions.

Il dessina le contour de ses lèvres du bout de l'index.

— Ton père ne t'a pas fourni une maison ?

Elle haussa les épaules.

— Il a parfois essayé, mais il passait la majeure partie du temps à fuir ses créanciers.

Le contact de Baine contre sa peau se réchauffa, comme s'il luttait pour contenir son feu de dragon.

— Quel bon à rien.

— Ça n'a pas d'importance. Plus maintenant.

Elle se redressa. Ne venait-elle pas juste de se promettre de ne plus s'apitoyer sur son sort ?

— Tu es sous ma protection désormais, gronda-t-il, lui saisissant le menton pour lui incliner la tête en arrière : de son regard ambré il lui brûla le visage avec une possessivité flagrante. Contrairement à ton père, je m'assurerai toujours que tu es en sécurité.

Elle trembla. Mais ce n'était pas de peur.

Non. Ces tressaillements délicieux étaient directement provoqués par les bras puissants qu'il enroula soudain autour d'elle pour l'attirer contre son corps ferme à moitié nu.

— Même de vous ? souffla-t-elle.

Il resserra son étreinte alors qu'il baissait la tête.

— Je chéris mes trésors, affirma-t-il, embrassant son front, puis le bout de son nez.

Tayla poussa un gémissement sourd quand il referma les mains sur ses fesses pour la plaquer contre son érection. Il lui effleura la joue des lèvres avant de suivre la ligne de son visage.

Chaque minuscule caresse provoquait une gerbe d'étincelles qui la transperçait en lui procurant un plaisir étourdissant.

Mmm.

Lorsqu'elle posa les doigts sur la peau nue de son torse, une envie perfide se nicha au creux de son ventre. Il incarnait la passion et le pouvoir masculin à l'état brut.

Elle ignorait s'il la chérissait vraiment, mais il savait assurément la faire fondre de désir.

Sa magie de dragon…

De sa bouche habile, il explora sa gorge, brûlant la peau à l'endroit où son pouls battait la chamade avant de descendre s'occuper de sa poitrine.

— Baine, haleta-t-elle alors que ses tétons se contractaient en des boules douloureuses et qu'une moiteur se répandait entre ses cuisses.

Elle voulait se servir de la pointe de la langue pour dessiner les contours de chacun des tatouages fascinants qui lui dansaient sur la peau. Elle voulait passer les mains sur les muscles ciselés qui lui donnaient l'air d'avoir été sculpté par un artiste. Elle voulait qu'il la soulève pour l'installer sur la table toute proche. Et qu'il lui écarte les jambes pour s'avancer entre elles et apaiser son insupportable tourment.

Mais alors même que ses fantasmes classés X explosaient dans sa tête, elle s'obligea à se rappeler que Levet se trouvait à l'étage et qu'ils étaient dans l'embrasure d'une porte ouverte.

Avec un grognement gratifiant, Baine releva la tête et l'observa d'un regard songeur.

— Tu as raison, grommela-t-il, une rougeur surprenante se répandant sur ses pommettes saillantes. Ce n'est pas le lieu.

Elle examina son visage séduisant alors qu'il enroulait les doigts autour de son poignet et esquissait un geste sec de sa main libre.

Était-il gêné ?

Une telle réaction semblait… improbable.

Baine était l'une des créatures les plus splendides de la terre. À coup sûr les femmes se jetaient à ses pieds.

Sans parler du fait qu'il possédait un harem rempli d'innombrables courtisanes.

Pourquoi serait-il indisposé par quelques baisers ?

Elle, en revanche, avait toutes les raisons d'avoir honte. Cet homme était son ravisseur. Il l'obligeait à devenir sa concubine.

Cela ne semblait pas correct d'envisager le temps qu'il lui faudrait pour le déshabiller afin de pouvoir finir ce qu'il avait commencé.

Une épaisse obscurité les enveloppait quand Baine l'attira dans le portail qui attendait, puis, soudain, ils sortirent dans un soleil éclatant.

Clignant des yeux, elle les abrita de la main tandis qu'elle découvrait ce nouveau lieu. Elle eut le souffle coupé.

C'était magnifique.

Réellement magnifique.

Éblouie, elle parcourut du regard les prairies vallonnées émaillées de fleurs sauvages qui dansaient dans la brise légère. Au loin, elle distinguait la silhouette de montagnes couronnées de neige et le scintillement du soleil qui se réfléchissait sur un lac voisin. Mais ce fut la petite maison au toit de chaume qui se dressait juste devant elle qui attira et retint son attention.

Elle était parfaite.

Peinte dans un blanc immaculé avec des volets verts, elle était entourée de pâquerettes et de jolies tulipes roses. Une allée dallée reliait la véranda surélevée à la route étroite où se trouvait Tayla. Mince, elle avait même une palissade.

Tout hurlait « Maison » avec un « M » majuscule.

— Quel est cet endroit ? murmura-t-elle.

Baine se tenait à ses côtés. Assez près pour l'envelopper dans sa chaleur réconfortante, mais sans la toucher.

Dommage.

Non. Vilaine Tayla, se réprimanda-t-elle en silence. Pas question de baver sur le délicieux dragon.

— La maison de tes rêves, répondit-il, arquant les sourcils quand ses joues s'empourprèrent.

Bon sang. Il ne pouvait pas deviner ses fantasmes, si ?

— De mes rêves ? glapit-elle.

— Ma magie adapte les lieux aux désirs de mes invités.

Elle le regarda fixement, avant de reporter son attention sur la chaumière. Il avait raison. C'était comme si celle-ci sortait de son imagination. Le genre d'endroit pittoresque où une sidhe pourrait vivre en paix.

— C'est une illusion ?

Elle ne parvint pas à masquer sa légère déception.

— Non. C'est réel. (Il s'avança pour ouvrir le portail bordé de roses.) Une simple question de perception.

D'accord. Elle voyait où il voulait en venir. En quelque sorte.

— Mais où sommes-nous ? insista-t-elle.

— Nous sommes cachés entre les dimensions. (Il regarda autour d'eux, comme pour vérifier qu'ils étaient seuls.) Personne ne devrait pouvoir nous suivre ici.

Son assurance lui rappela leur départ précipité.

— Pourquoi avons-nous dû quitter votre repaire ?

— Chaque chose en son temps.

Avec une grâce fascinante, il se retourna et la souleva soudain du sol pour la serrer délicatement contre son torse. Son torse absolument nu et qu'on avait juste très envie de lécher.

— Tu es fatiguée, déclara-t-il.

Elle frissonna. Elle ne s'habituerait jamais aux picotements électriques qui la parcouraient quand cet homme était près d'elle.

— C'est une question ou une affirmation ? s'enquit-elle d'un ton ironique.

Il la porta le long de l'allée dallée, jusqu'à la véranda.

— Je perçois ton épuisement.

Juste à ce moment-là elle laissa retomber la tête contre son torse, les muscles douloureux.

Elle n'avait pas la moindre idée de l'heure qu'il était, mais elle avait la sensation qu'il s'était écoulé une éternité depuis qu'elle avait enfilé sa chemise de nuit alors qu'elle se préparait à se mettre au lit.

— La nuit a été longue, reconnut-elle d'une voix lasse.

— Oui.

Elle sentit une étrange vibration dans l'air, puis le soleil disparut brusquement et ils se retrouvèrent sous un ciel d'un noir de velours pailleté d'étoiles.

Nom de Dieu.

— C'est un sacré tour de passe-passe, murmura-t-elle, impressionnée malgré elle.

— Un parmi tant d'autres, prétendit-il avec suffisance, baissant la tête pour interrompre sa réponse de ses baisers de dragon.

Une bonne idée.

Tayla était bien déterminée à lui dire à quel point il était arrogant.

Mais elle soupira sous le plaisir torride de son étreinte tandis que l'épuisement contre lequel elle luttait depuis des heures gagnait peu à peu la bataille.

Contrairement à nombre de bâtards, Craven pouvait passer pour humain.

Il avait un visage carré aux traits grossiers et des cheveux blonds coupés ras.

Certes, il culminait à plus de deux mètres et avait des muscles si gros qu'il devait porter des tee-shirts et des pantalons sur mesure. Et une lueur cramoisie flamboyait dans ses yeux quand il était en rogne. Ce qui était le cas la majeure partie du temps.

Mais la plupart des gens supposaient qu'il était juste l'un de ces accros au fitness sous stéroïdes qui gardaient leurs lunettes de soleil couvrantes vingt-quatre heures sur vingt-quatre parce qu'ils pensaient que cet accessoire leur donnait l'air cool.

Les imbéciles.

Des années durant il avait vécu parmi eux, alors que sa mère l'initiait à la magie noire. Elle avait voué sa vie à lui apprendre à détruire les monstres qui l'avaient enlevée et violée alors qu'elle était à peine sortie de l'enfance. Le fait que Craven était le produit de cette effroyable rencontre ne faisait que rendre l'idée de vengeance encore plus douce à sa mère.

Craven avait été d'accord.

En plus de la puissante magie, il s'était consacré à développer ses capacités au combat. Parvenu au début de la vingtaine, il était passé maître dans l'art de tuer avec toutes les armes connues, sans parler de ses mains nues.

Il était un assassin redoutable qui traquait et éliminait les démons sans merci.

Jusqu'à la mort de sa mère, il n'avait jamais remis en question sa quête impitoyable.

Il avait beau aimer chasser les démons, cette activité ne payait pas les factures. Quelle organisation humaine voudrait acheter la magnifique collection de têtes de troll qu'il avait accrochée à son mur ? Par l'enfer, les humains n'avaient même pas conscience de n'être que du bétail menacé par des prédateurs qui rôdaient dans les ténèbres.

Il avait alors pris la décision de former une petite bande d'hybrides comme lui et ayant des aptitudes semblables, et avait commencé à louer leurs services au plus offrant.

Des assassins, prêts à tuer n'importe qui ou quoi pourvu qu'on y mette le prix.

C'était un boulot qui rapportait bien, mais Craven n'était toujours pas satisfait.

Il voulait toucher le gros lot. Celui qui lui permettrait de se retirer pour vivre dans le luxe auquel il comptait s'habituer.

C'était un rêve inaccessible jusqu'à vingt ans auparavant, quand son lieutenant, Reece, avait entendu un troll ivre se targuer de savoir comment s'introduire dans le trésor d'un dragon.

Craven n'était pas stupide. Il avait conscience qu'il y avait de fortes probabilités pour que le troll mente. Les trolls étaient des fanfarons notoires. Mais s'il existait la moindre chance que le démon dise la vérité, cela valait la peine de le capturer.

Malheureusement, Skragg s'était révélé être un complice des plus lamentables. Le troll prétendait connaître une sidhe capable de les aider, mais jusque-là il n'avait pas réussi à leur présenter l'insaisissable fae. Le seul truc qu'il avait été en mesure de leur procurer, c'était quelques mèches de ses cheveux, dont Craven s'était servi pour jeter un sort de divination.

Au fil des années, Craven l'avait presque oublié. Jusqu'à ce que celui-ci s'enclenche soudain le jour précédent.

Du haut de l'escalier en pierre du château abandonné situé à la frontière entre la Norvège et la Suède, Craven observait le troll qui venait juste d'entrer dans la grande salle accompagné de son lieutenant, Reece.

La bête imposante s'avança d'un pas pesant, son corps nu couvert d'une épaisse peau marron et la physionomie encore plus monstrueuse que la plupart de ses congénères. Skragg avait de grosses défenses qui sortaient de sa mâchoire inférieure et des iris cramoisis qui brillaient à la lueur des flambeaux bordant les murs lambrissés.

Reece, quant à lui, était un homme svelte à moitié fae. Il avait des cheveux noirs qu'il coiffait en une longue tresse pour dégager son visage étroit. Ses traits étaient délicats, ce qui aurait pu lui valoir des ennuis au sein de la bande de hors-la-loi frustes de Craven si ses yeux verts n'avaient pas arboré un éclat froid.

Pour Reece, tuer était aussi simple que respirer. Et il le faisait souvent.

Il fournissait en outre les portails que les assassins utilisaient pour se déplacer aux quatre coins du monde.

Le regard toujours rivé sur le troll qui s'arrêta avec maladresse au pied de l'escalier, Craven mit les mains sur les hanches.

— Skragg, dit-il, les sourcils froncés. Où est la femme ?

L'intéressé secoua sa tête massive.

— Elle pas là.

— Impossible, répliqua Craven d'un ton brusque. Le sort a été enclenché.

— Elle pas là, répéta Skragg.

Les trolls. Infoutus de parler la moindre langue correctement.

Il se tourna pour observer son lieutenant qui frissonnait dans l'air matinal piquant malgré sa longue veste en cuir. Son sang fae préférait les climats chauds.

— Reece ? demanda-t-il.

— Notre ami incohérent a raison, dit le fae, les traits durcis de frustration. Le temps qu'on atteigne sa maison, la sidhe avait disparu.

Craven grommela un horrible juron. Il avait attendu vingt ans pour mettre la main sur la sidhe, et ces deux imbéciles avaient renoncé juste parce qu'elle ne se trouvait pas au premier endroit où ils l'avaient cherchée ?

— Pourquoi n'avez-vous pas suivi sa trace, putain ? explosa-t-il.

— Elle est partie par un portail, dit Reece. Il était impossible de la traquer.

Bordel de merde.

— Tu crois qu'elle va revenir ?

Son cadet haussa les épaules.

— Je pense qu'elle a établi son repaire actuel dans cette maison.

— Alors tu vas la garder à l'œil jusqu'à son retour, ordonna-t-il immédiatement.

C'était gâcher les talents considérables de Reece que de lui confier une mission de surveillance stupide, et ce d'autant plus qu'ils n'avaient aucune idée de l'endroit où était allée la sidhe ni de quand elle rentrerait.

Mais jamais de l'enfer il ne prendrait le risque de manquer l'occasion de voler le trésor d'un dragon.

Contre toute attente, Reece grimaça.

— Ça pourrait être difficile.

— Pourquoi ?

— Elle ne vit pas seule.

— Un autre sidhe ?

— Non, une gargouille.

Craven le regarda fixement. Il avait entendu parler des gargouilles, bien sûr. Mais comme tout démon doté d'un cerveau en état de marche, il faisait son possible pour les éviter.

— Quel intérêt la Guilde porte-t-elle à cette femme ?

Reece leva les mains.

— Je l'ignore. Nous avons aussi identifié l'odeur d'un dragon dans la maison.

— Bon sang. A-t-il la femme ?

Sa contrariété se mua en peur. Assurément le destin ne serait pas cruel au point de lui agiter un trésor devant les yeux pour l'éloigner brusquement au dernier moment ?

— Pas Synge, grogna le troll. Baine.

— Baine ? (Craven secoua la tête avec frustration.) Qu'est-ce qu'il raconte, putain ?

— Skragg prétend que la sidhe a d'abord appartenu au dragon Synge, et que Baine est son fils, expliqua Reece.

Craven grimaça. De mieux en mieux.

— Ils travaillent ensemble ?

Skragg esquissa un geste tranchant de la main.

— Pas probable.

Craven secoua la tête. Il avait beau avoir du sang troll, il avait passé la majeure partie de sa vie à tenter de tuer ces salopards, pas à communiquer avec eux.

De nouveau, Reece traduisit.

— Skragg est convaincu que père et fils ne sont pas exactement en bons termes, dit le fae.

— Alors il compte utiliser la sidhe pour trahir son père ?

Reece haussa les épaules.

— Ou pour obtenir une partie de son trésor.

Craven frappa du poing sur la lourde rampe en bois, indifférent à la poussière qui tomba du plafond aux poutres apparentes.

— Nous devons la rattraper, gronda-t-il.

Reece éclata d'un rire mordant.

— Si je pouvais ouvrir un portail dans le repaire d'un dragon, nous n'aurions pas besoin d'elle.

— Alors nous devons trouver un moyen d'attirer le dragon hors de son repaire, annonça Craven d'un ton qui indiquait qu'il ne tolérerait aucun échec. Je veux cette sidhe et rien ne m'arrêtera.

Chapitre 6

Baine porta une Tayla endormie dans une chambre située sur le côté de la chaumière et l'installa au milieu du lit. Puis, tirant la couette sur son corps svelte, il resta simplement là, à observer ses traits délicats.

Il n'avait aucune raison de s'attarder.

Elle était en lieu sûr. Et il s'écoulerait plusieurs heures avant qu'elle se réveille et puisse lui offrir le plaisir qu'il avait tant attendu de goûter.

C'était manifestement une perte de temps irrationnelle que de regarder ses cheveux dorés soyeux répandus sur les oreillers. Et ses lèvres pleines entrouvertes alors qu'elle poussait un petit soupir.

Mais alors même qu'il voulait partir, il ne put résister à l'envie de savourer le spectacle qu'elle présentait allongée dans son lit.

Combien de nuits avait-il fantasmé sur cet instant ?

Plus qu'il n'était prêt à l'admettre.

Une pointe de satisfaction absolue le transperça.

Tayla se trouvait là où était sa place.

Enfin.

Il resta à son chevet encore plusieurs minutes, puis s'obligea à sortir de la chaumière pour créer un portail vers son repaire. Depuis l'ouverture, il appela Char pour qu'il le rejoigne.

Moins de cinq minutes plus tard, son cadet surgit du portail et parcourut les lieux du regard, les sourcils arqués.

— C'est… (les lèvres pincées, il jeta un coup d'œil à la maisonnette et à la palissade) pittoresque.

Baine ne releva pas le sarcasme de son ami. Que la chaumière plaise à Tayla était tout ce qui importait.

— Je veux que tu montes la garde.

Char reporta son attention sur Baine.

— Tu crois que la sidhe va essayer de s'échapper ? Alors ?

Baine hésita avant de secouer vivement la tête. Contrairement à son repaire, aucune magie n'empêchait l'ouverture de portails dans cette bulle temporaire entre les dimensions. Mais même si Tayla pouvait partir si elle le souhaitait, il savait qu'elle ne tenterait pas de se sauver.

À la différence de son lâche de père, elle avait le sens de l'honneur.

Elle ne fuirait pas tant qu'il ne l'aurait pas libérée de sa dette.

Ce qu'il ne comptait pas faire avant des siècles.

Peut-être jamais…

— Non, elle n'essaiera pas de s'échapper, répondit-il. Mais je ne permettrai pas qu'elle reste sans protection.

D'instinct, Char jeta un regard aux prairies vides.

— Elle est en danger ?

— Elle est traquée et je veux savoir pourquoi.

Char plissa ses yeux gris. Sa grande perspicacité constituait l'une des nombreuses qualités justifiant son statut de favori.

— Y a-t-il le moindre rapport avec la visite de ton père ?

— Synge a demandé à reprendre Tayla, avoua Baine, le ventre noué par une vilaine colère.

Le simple fait de prononcer ces mots lui donna envie de cracher des flammes pour détruire tout ce qui pourrait représenter une menace contre sa femelle. Soudain, il comprit l'habitude qu'avaient ses lointains ancêtres de causer une destruction massive.

— À vrai dire, il m'a averti qu'il ne reculerait devant rien pour mettre la main sur elle.

Char fronça les sourcils.

— A-t-il précisé pourquoi ?

— Non. Mais je soupçonne que c'est la même raison pour laquelle les trolls sont après elle.

Les mains sur les hanches, Baine lutta pour brider sa fureur, de minuscules volutes de fumée tourbillonnant autour de lui.

— Les trolls ? (Char s'étrangla en toussant.) C'est une blague ?

Baine arqua un sourcil.

— Est-ce que j'ai l'habitude de plaisanter ?

— Ah… (Char s'éclaircit la voix) non.

— Veille bien sur elle.

Son avertissement délivré, Baine se tourna vers le portail avant de s'immobiliser quand Char le retint d'une main sur son épaule.

— Attends, Baine, dit-il. Tu ne vas pas affronter ton père, si ?

— Pas dans l'immédiat. (Du feu lui dansa sur la peau, assez chaud pour faire reculer vivement Char.) D'abord, j'ai un traître à démasquer.

Franchissant le portail, Baine entra dans son repaire et se dirigea droit vers la salle du trône. En chemin, il envoya un ordre mental pour convoquer tous ses serviteurs.

Il n'était pas un maître cruel. Contrairement à la plupart des dragons, il se montrait ferme mais juste avec son personnel. Il constatait que traiter les siens avec respect lui rapportait bien plus de dévouement et de loyauté que de tenter de les intimider par la peur.

Prendre conscience qu'il avait été trahi le mettait en rogne.

Installé sur le trône, Baine regarda en silence ses serviteurs se presser dans la pièce allongée. Des dragons hybrides, ainsi que des garous composaient sa garde rapprochée. Puis venaient les faes inconstants qui formaient son personnel de maison, et pour terminer la dizaine de vampires qui traquaient ses créanciers.

Les suceurs de sang constituaient les ultimes collecteurs de dettes.

Après avoir attendu qu'ils se soient tous agenouillés avec révérence, il parla enfin.

— L'un de vous m'a trahi.

La stupéfaction secoua la salle comme un mini-tremblement de terre.

Baine satura l'air du poids de son pouvoir et ne s'arrêta qu'en entendant les gémissements de détresse des faes.

— Qu'il se dénonce et sa mort sera rapide. (À dessein, il s'interrompit pour observer avec soin les démons regroupés devant lui.) Qu'il me fasse perdre mon temps à découvrir la vérité et je le détruirai si lentement qu'il me suppliera de le tuer.

Après un long silence teinté de peur, l'un des soldats se leva d'un air sinistre.

Baine éprouva une pointe de stupéfaction en comprenant qu'il s'agissait de Fist, l'un de ses gardes préférés. *Bon sang.* C'était déjà pénible d'être trahi sans que ce soit par quelqu'un qu'il appréciait.

— M-monsieur…

— Assez, gronda Baine, interrompant ses mots hésitants alors qu'il agitait la main vers le reste de ses serviteurs. Dehors.

Après avoir attendu que la foule évacue précipitamment la salle, Baine utilisa sa magie pour en interdire l'accès avant de reporter son attention sur Fist.

— Maintenant, parlez.

Le dragon hybride baissa sa tête au crâne rasé, son grand corps tremblant.

— J'implore une fin rapide, souffla-t-il.

— Regardez-moi.

Baine ne tenta pas d'étouffer le feu qui continuait à lui danser sur la peau ni les volutes de fumée qui s'enroulaient autour de ses pieds.

Fist vacilla, et son visage devint blême quand il s'obligea à croiser le regard furieux de Baine.

— Monsieur.

— Dites-moi pourquoi, ordonna Baine avec hargne.

— Votre père retient ma compagne prisonnière.

Ces simples mots frappèrent Baine avec une force inattendue.

Quelques jours auparavant, il aurait pu rejeter cette explication comme une excuse vaine. Comment une femme pouvait-elle être plus importante que le serment d'allégeance d'un homme envers son maître ?

Mais il songea brusquement à ce qu'il ferait si quelqu'un retenait Tayla prisonnière.

La réponse lui vint sans hésiter.

Il détruirait le monde.

Plusieurs mondes.

Non qu'elle soit sa compagne… Bien sûr que non.

Il secoua la tête, pour chasser ces pensées ineptes. À présent ce qui comptait, c'était de découvrir pourquoi son père avait introduit un espion parmi ses serviteurs.

— Depuis quand ?

— Vingt-cinq ans.

Baine bondit sur ses pieds. Il le savait.

Tout revenait à Tayla.

— Dites-moi exactement ce que mon père attendait de vous.

— Il croyait que vous cherchiez une sidhe, expliqua Fist, qui tressaillit quand la rage de Baine explosa dans l'air, brisant les lustres. J'ai reçu l'ordre de le prévenir dès que vous l'auriez retrouvée.

Baine descendit de l'estrade pour se placer juste devant Fist.

— Pourquoi ?

Inconsciemment, Fist leva la main pour essuyer la sueur qui lui dégoulinait le long du front.

— Il prétend qu'elle a des informations qui l'intéressent.

Baine hésita et passa en revue ses souvenirs de la nuit où Tayla avait été offerte à son père.

Il avait senti le désir de Synge pour la belle sidhe. Quel homme ne voudrait pas coucher avec elle ? Mais le dragon n'avait pas manifesté d'autre envie que celle de l'ajouter à son vaste harem. Par l'enfer, il s'était empressé d'accepter de la céder à Baine après avoir négocié un prix exorbitant.

Si elle détenait des renseignements dont il avait besoin, pourquoi ne pas l'avoir enfermée dans ses cachots pour l'interroger ?

— Il a précisé lesquelles ? demanda-t-il à son soldat, qui, sans surprise, secoua la tête.

— Non.

Bien sûr. Synge avait beau être une brute, il n'était pas stupide.

Néanmoins, Baine sentait que Fist avait remarqué un détail.

— Non, mais… ?

Le garde grimaça.

— J'ai eu l'impression qu'il était inquiet.

— Au sujet de la sidhe ?

— Au sujet des informations qu'elle possède.

Baine se retourna pour regarder fixement les statues qui bordaient les murs. Un Synge cupide était dangereux.

Un Synge effrayé était mortel.

— Bon sang, murmura-t-il.

Que se passait-il, putain ? Distraitement, il arpenta la salle d'un bout à l'autre.

Quelle information Tayla pouvait-elle détenir qui constituait une menace pour Synge ?

Était-ce lié au père de la sidhe ? Ou avait-elle entendu ou vu quelque chose alors qu'elle était dans le repaire de ce dernier ?

Perdu dans ses sinistres pensées, il mit du temps avant de remarquer que Fist l'appelait doucement.

— Mon seigneur.

Il se retourna pour observer le soldat, les sourcils froncés.

— Quoi ?

— Je sais que je ne mérite pas votre miséricorde, mais je redoute les supplices que votre père pourrait infliger à ma compagne s'il découvre que je me suis livré, poursuivit Fist, une peur qui venait du tréfonds de son âme rendant sa voix rauque. Pourriez-vous maquiller mon décès en accident ?

— Vous ne mourrez pas, répliqua Baine d'un ton brusque. Du moins, pas aujourd'hui.

L'homme paierait pour sa trahison, mais Baine n'était pas un barbare. Il comprenait que la destruction n'était pas toujours la meilleure solution. Fist pourrait très bien se révéler utile à l'avenir.

Ce dernier était assez intelligent pour se douter que s'il n'avait pas déjà été réduit en un minuscule tas de cendres, c'était pour une raison.

— Qu'attendez-vous de moi ? s'enquit-il.

— Je veux que vous preniez contact avec mon père.

— Pourquoi ?

Baine réfléchit durant un long moment. Synge n'avait pas survécu pendant des millénaires en étant paresseux. Jamais il ne renoncerait sans se battre s'il voulait vraiment Tayla.

En cet instant même, cette vieille brute rusée complotait à coup sûr de la lui enlever.

À l'évidence, Baine devrait trouver un moyen d'occuper son père jusqu'à ce qu'il découvre le secret que Tayla était censée détenir.

— Dites-lui que vous m'avez entendu organiser une vente aux enchères pour la femme, avec les trolls, ordonna-t-il finalement.

Fist écarquilla les yeux.

— Les trolls ?

— Oui.

Baine lui adressa un signe de tête et se dirigea brusquement vers la sortie. Il avait soudain hâte de retourner auprès de Tayla. À la seule pensée d'un mâle voulant la lui enlever… *Merde.*

— Dites aussi à mon père que je compte commencer les négociations dès que je me serai lassé de ses charmes délicieux.

Voilà qui devrait donner du grain à moudre à son père. Du moins le temps que Baine trouve les trolls et découvre pourquoi tout le monde portait autant d'intérêt à sa femelle.

— Et c'est tout ?

Baine ne prêta pas attention à la perplexité de son serviteur.

— Pour l'instant.

— Très bien.

Hésitant sur le seuil de la porte, Baine lança un regard par-dessus son épaule.

—Fist.

L'homme tressaillit.

—Oui ?

—Après avoir contacté mon père, vous resterez enfermé dans les cachots en attendant que je décide de votre sort.

Le garde lui adressa une profonde révérence.

—Oui, Monsieur.

Refusant de perdre plus de temps avec le traître, Baine quitta la salle du trône. Il enverrait l'un de ses soldats l'escorter jusqu'aux cachots.

Une tâche plus importante exigeait toute son attention.

Plus vite il en aurait terminé, plus vite il pourrait rejoindre Tayla.

Levet savait que la plupart des gens pensaient qu'il était aussi inconstant et imprévisible qu'une fée de rosée. Il s'en moquait. Qui avait envie d'être un vieux démon ennuyeux obnubilé par les responsabilités ?

La vie était censée être amusante.

Cependant, il lui arrivait de se montrer aussi tenace qu'un garou de sang pur en chasse.

Ce qui expliquait qu'il avait consacré les quatre dernières nuits à fouiller toutes les planques miteuses réservées aux démons qui préféraient raser les murs.

Ce soir-là, il se trouvait dans une ruelle sombre et désagréablement humide de Londres, devant un établissement qui accueillait plutôt des vampires, mais il ne savait plus où chercher. Et pire, l'elfe des bois qu'il avait engagé pour former des portails afin de faciliter ses déplacements était de plus en plus ivre du nectar que Levet lui avait offert en échange de ses services. Si l'imbécile tombait dans les pommes, Levet devait être quelque part où il pourrait passer la journée à l'abri.

Heureusement, il était le meilleur ami du vampire actuellement chef de clan de Londres. Il était certain que Victor serait heureux de le recevoir chez lui.

D'accord, peut-être pas heureux, rectifia-t-il à contrecœur. Mais la belle compagne de Victor, Juliet, insisterait pour qu'il vienne dans leur repaire.

Laissant l'elfe soûl adossé à un réverbère, Levet descendit les marches qui conduisaient à la cave sous le pub silencieux. Puis, entrant dans la vaste salle avec du plancher au sol et un plafond bas aux poutres apparentes, il jeta un regard aux box plongés dans l'obscurité qui bordaient les murs.

Il remarqua à peine les humains pitoyables cachés dans les ombres, les yeux rendus vitreux par la drogue et leurs corps maigres dévêtus pour dévoiler le peu de peau saine qui leur restait. S'ils voulaient servir de casse-croûte nocturne pour vampires, c'était leur problème.

En se dandinant, il se dirigea vers le fond de la salle où un sidhe essuyait le long comptoir. Puis, dans un battement d'ailes, il s'éleva au-dessus du sol et se percha sur l'un des tabourets.

Jetant un coup d'œil au nouveau venu, le barman tordit ses traits séduisants pour esquisser un rictus prévisible. Avec ses longs cheveux dorés écartés de son visage fin et son corps svelte moulé dans du cuir, il avait la beauté de la plupart des faes, mais dans son regard brillait une lueur mauvaise.

— Tu veux quoi ?

Levet se pencha et parla d'une voix basse.

— Je cherche un sidhe.

— Y a pas de sidhes, mais j'ai une fae qui va chambouler ton monde. (L'homme indiqua de la tête une porte étroite percée dans le lambris.) Deux cents dollars plus les pourboires.

La gargouille trembla d'indignation.

— Ai-je l'air d'avoir besoin d'acheter mes femmes ?

— Par l'enfer, ouais.

Avec un mépris flagrant il posa sur lui ses yeux verts, et une cupidité soudaine illumina leurs profondeurs émeraude.

— En fait, je vais devoir te faire payer le double.

À l'évidence le sidhe était fou, songea Levet. Rien d'autre n'expliquait son incapacité à voir qu'il était un aimant à poulets. Ou était-ce poulettes ?

Peu importait.

— *Mon Dieu**, grommela le minuscule démon, contraint d'énoncer l'évidence. Je suis le mondialement célèbre Levet. Les femmes m'adorent.

— Ouais, c'est ça, railla le sidhe. Sunny va t'adorer pour quatre cents dollars plus les pourboires.

Levet poussa un grognement agacé. Discuter avec cet imbécile était manifestement une perte de temps.

— Le sidhe que je cherche est un homme.

— Ah, pourquoi ne l'as-tu pas dit avant ? (Le barman haussa les épaules.) J'ai de quoi satisfaire ces goûts-là aussi.

— Pff.

Trop, c'était trop. Dans un battement d'ailes, Levet sauta au bas du tabouret et se dirigea vers la porte cintrée qui menait aux chambres.

— Hé ! (Le sidhe se lança aussitôt à sa poursuite.) Où est-ce que tu te crois, bordel de merde ?

— Je dois fouiller ton bel établissement, l'informa Levet.

— Impossible.

Se plaçant en travers de son chemin, le bouffon poussa un hurlement strident quand la gargouille esquissa un geste et mit le feu à ses cheveux.

— Putain, gémit-il, se précipitant vers l'évier derrière le comptoir pour inonder ses mèches fumantes.

— Souhaites-tu goûter encore à ma formidable magie ? demanda Levet quand le sidhe se redressa enfin pour le foudroyer du regard.

Il pâlit, avant de tressaillir quand Levet leva la main, des étincelles lui dansant sur les griffes.

— Non.

— Sage décision.

Sortant de la salle sans se presser, Levet attendit d'être dans l'étroit couloir pour accélérer le pas. Le sidhe ne resterait pas intimidé longtemps. En fait, il devait déjà appeler des renforts.

Après avoir dépassé les fosses de combat désertes, ainsi que les box ouverts destinés aux démons qui n'avaient pas besoin d'intimité pour leurs relations sexuelles, il commença à entrebâiller les portes dans l'espoir de tomber sur le père de Tayla.

Hé, on ne sait jamais.

Parvenu au bout du couloir, il entra dans la dernière chambre. Aussitôt il fit face à une jolie fae avec une auréole de boucles dorées et de grands yeux d'un bleu de porcelaine qui le dévisageait avec méfiance. Elle s'empressa de tenter de masquer sa terreur derrière un sourire forcé.

— Salut.

— Oh. *Pardon*[*]. Je ne voulais pas vous déranger.

Levet lui adressa une petite révérence, la queue enroulée autour des pieds. Il tenait absolument à ce qu'elle remarque à quel point celle-ci brillait à la faible lueur des bougies.

— Ce n'est rien. (Elle fit glisser ses mains fines sur sa robe de gaze sous laquelle on apercevait son corps nu.) Êtes-vous mon prochain client ?

— *Non**. Vous êtes une…

Levet ferma la porte et s'avança. Il n'avait pas oublié son objectif de retrouver Odel, mais l'instinct qui le poussait à jouer le rôle du chevalier sur son fier destrier était trop impérieux.

— Pute ? dit-elle à brûle-pourpoint, prononçant le mot que Levet avait tenté d'éviter. Oui.

Esquissant un nouveau pas, Levet parcourut des yeux la pièce austère qui ne contenait qu'un lit et une étroite coiffeuse. Pas de tableaux, ni de fleurs, aucune des babioles féminines habituelles qui transformaient n'importe quel endroit en une maison.

— Pardonnez-moi, *ma belle**, mais vous retient-on contre votre gré ?

— Je…

Elle darda son regard bleu vers le coin de la pièce où clignotait une minuscule lumière rouge. Une caméra cachée dans le lambris. Ce que c'était… cliché.

— Non, bien sûr que non, poursuivit la fae.

Résistant à l'envie de lever les yeux au ciel, Levet se retourna afin d'avoir la place de déployer ses ailes pour bloquer la vue.

— Y a-t-il plus d'une caméra ?

Elle secoua imperceptiblement la tête.

— Non.

— Ils entendent ce que nous disons ?

— Je ne pense pas.

— *Bon*[*]. (Les ailes toujours déployées, Levet saisit avec douceur la main de la femme.) Quel est votre nom ?

— Sunny.

— Sunny. (Il lui serra les doigts.) Où est votre famille ?

Elle se mordit la lèvre inférieure.

— Elle s'est réfugiée ici pour échapper à un vampire qui pourchassait mon petit frère parce qu'il avait essayé de séduire sa compagne.

Levet grimaça. Cette histoire n'avait rien d'inhabituel. Les mâles faes tentaient de coucher avec toutes les femmes qui croisaient leur chemin. Qu'elles aient été ou non revendiquées par un homme possessif.

— Vous avez vendu votre corps pour payer la note ?

— Oui.

— Souhaitez-vous vous enfuir ?

Elle eut le souffle coupé de stupéfaction.

— C'est impossible.

— Rien ne m'est impossible, assura-t-il à la femme délicate. Je suis un Chevalier sur son Fier Destrier agréé.

La pauvre créature était manifestement traumatisée. Mais comment en serait-il autrement ? Sa famille l'avait à coup sûr abandonnée lorsque le danger que représentait le vampire était passé, et elle avait accepté comme son devoir le fait de vendre son corps dans ce pub miteux.

— Je… (la fae cligna plusieurs fois des yeux) je vois.

— Pas encore. Mais ça ne va pas tarder, affirma Levet, déposant un baiser léger sur ses doigts froids. D'abord, j'ai besoin de votre aide.

La fae poussa alors un soupir résigné.

— Bien sûr. Que désirez-vous ?

— Pas ce que vous imaginez, la réprimanda-t-il doucement.

Lui lâchant la main, il esquissa un geste, faisant apparaître l'image d'Odel qu'il avait trouvée dans l'album photos de Tayla.

— Avez-vous vu ce sidhe ?

— Oh.

Les joues empourprées, elle se pencha pour examiner le visage flou qui flottait en l'air. Soudain, elle poussa un petit cri de surprise.

— Oui.

Levet enroula la queue autour de ses pieds. *Enfin.*

— Il était ici ?

— Oui. (La fae hocha la tête avec fermeté.) Je l'ai aperçu dans la salle du pub hier soir.

— Où sont les caveaux ? s'enquit-il, faisant référence aux pièces que les démons louaient lorsqu'ils voulaient éviter d'attirer l'attention.

— S'ils découvrent que je vous ai aidé…

— Personne ne l'apprendra, l'interrompit-il.

Il en faudrait très peu pour que Sunny panique.

Non que cela lui pose un problème en temps normal. Une fae en pleine crise d'hystérie ne demandait qu'à être réconfortée. Et il possédait un certain nombre de techniques excellentes pour calmer une belle femme. Mais pour l'heure retrouver Odel était plus urgent. C'était le seul moyen de sauver Tayla des griffes du dragon.

— Vous ne pouvez pas en être sûr, murmura-t-elle.

— Je vous le promets.

— Comment ?

Il leva les mains.

— Peu importe ce qui arrive, je jure de revenir vous chercher.

L'espoir brilla un instant dans les yeux d'un bleu irréel de Sunny avant qu'elle jette un regard craintif vers la caméra.

— C'est impossible, souffla-t-elle.

— Qu'ai-je dit à propos de ce mot, *ma belle*[*] ? la gronda-t-il d'un ton léger.

Puis, dissipant d'un geste l'image d'Odel, il redressa les épaules. Il n'avait plus de temps à perdre.

— Expliquez-moi comment trouver les caveaux.

Après une infime hésitation, Sunny se baissa pour lui chuchoter au creux de l'oreille.

— Prenez l'escalier du fond jusqu'au sous-sol, lui confia-t-elle. Dans la dernière cellule, une porte est cachée derrière l'illusion d'un mur de briques.

— Ah. (Levet lui tapota doucement la joue.) Les illusions constituent ma spécialité.

Se retournant, il se dirigea vers la sortie et s'arrêta pour lui adresser un sourire rassurant.

— Je reviendrai vous chercher.

Elle leva les yeux au ciel.

— Bien sûr.

— Je ne fais pas de promesses en l'air, jura-t-il, quittant la pièce avant que les grands yeux implorants le poussent à oublier la raison de sa présence dans cet horrible pub.

D'abord, il devait retrouver Odel.

Puis, il reviendrait sauver Sunny.

Et ensuite… eh bien, il jouerait peut-être les cupidons pour lui-même et laisserait la fae savourer les attentions d'un vrai prince charmant, à savoir Levet.

Tayla ignorait combien de temps elle avait dormi.

Elle aurait dit plusieurs heures, mais le temps entre les dimensions s'écoulait à son propre rythme. Quelques minutes ou plusieurs semaines pouvaient être passées depuis son arrivée dans la chaumière. Et comme nuit et jour étaient manifestement contrôlés par Baine, elle ne pouvait même pas se fier aux premières lueurs de l'aube qui se levait à l'horizon pour supposer que c'était le matin.

Quoi qu'il en soit, elle se sentait délicieusement reposée pour la première fois depuis des années. Ce qui était tout ce qui comptait.

Sautant du lit, elle écarta ses cheveux emmêlés de son visage et suivit le pouvoir masculin colossal qui vrombissait dans l'air.

— Qui est là ? appela-t-elle, traversant le salon douillet aux fauteuils bien rembourrés et aux petites tables couvertes de bibelots.

Elle hésita un instant, n'ayant aucun mal à s'imaginer assise devant la cheminée, avec une tasse de thé et… Elle secoua vivement la tête. Était-elle cinglée ? Boire du thé dans le repaire d'un dragon ?

À l'évidence, elle souffrait de quelque étrange syndrome de Stockholm.

S'obligeant à sortir par la porte d'entrée, elle parcourut du regard le jardin apparemment vide, les sourcils légèrement froncés.

— Baine ?

Elle entendit un bruissement de feuilles, puis soudain une silhouette svelte bondit d'un arbre proche pour se poster juste devant elle.

— Il n'est pas là.

Le souffle coupé, elle remarqua les courts cheveux argentés et les yeux d'un gris orageux de l'inconnu. Cet homme était splendide, mais elle ne fut pas dupe de son sourire espiègle ni de son pantalon de toile décontracté assorti à un pull en cachemire gris.

Il ne possédait pas le même pouvoir que Baine, mais c'était un prédateur redoutable qui pouvait l'écraser comme une punaise.

— Qui êtes-vous ? demanda-t-elle, reculant discrètement d'un pas.

Les bras croisés, il l'examina avec une curiosité évidente.

— Char. (Il esquissa une petite révérence.) Le plus loyal serviteur de Baine.

Elle sentit une chaleur délicieuse l'envelopper et lui picoter la peau comme une caresse. *Waouh.* Si Baine ne l'avait pas déjà ensorcelée avec sa magie, elle se serait liquéfiée de désir.

— Vous êtes un dragon ? s'enquit-elle.

— Un hybride.

Ah. Voilà pourquoi son pouvoir lui avait semblé étouffé.

Mais cela n'expliquait pas sa présence dans le repaire que Baine avait créé pour elle.

— Que faites-vous ici ?

— J'ai reçu l'ordre de vous protéger.

— Me protéger. (Tayla fronça les sourcils : cela ne lui disait rien de bon.) Et de quoi ?

Char haussa les épaules.

— Baine n'est pas entré dans les détails. Un truc au sujet de trolls.

Les trolls pouvaient-ils la suivre jusque-là ? Cela semblait peu probable. Alors existait-il une autre raison pour laquelle il s'inquiétait de sa sécurité ?

Ou supposait-il qu'elle tenterait de s'échapper ?

Bien sûr. Ce devait être cela.

Cette pensée était, quelque part, décevante.

— Où est Baine ? demanda-t-elle, avant de se raidir quand Char marcha en cercle autour d'elle avec lenteur, sa chaleur lui dansant toujours sur la peau.

Lui matait-il les fesses ? Ou décidait-il s'il la voulait pour son dîner ?

Aucune de ces possibilités n'était rassurante.

Ayant enfin terminé son inspection, l'homme s'arrêta devant elle et croisa son regard méfiant avec un sourire mystérieux.

— Il a dû s'occuper d'un problème personnel.

Un problème personnel ? C'était censé signifier quoi ?

Tayla plissa les yeux, le cerveau transpercé par une image importune de Baine dans son harem avec un essaim de courtisanes agenouillées à ses pieds.

Non qu'elle ait vu le moindre signe d'une autre femme quand elle y avait été. Ou même sache ce qu'impliquait un « essaim ». Mais quand même…

Tout le monde savait que les dragons avaient des appétits sexuels insatiables.

— Personnel ?

Il arqua les sourcils en lisant aisément la jalousie qu'elle n'avait aucun droit d'éprouver.

— Pas de ce genre-là, lui assura-t-il. Il a découvert l'existence d'un traître parmi ses serviteurs.

— Oh.

Elle se mordit la lèvre inférieure. Baine affrontait un traître ? Tout seul ?

— Il n'est pas en danger, si ?

Char examina son expression soucieuse.

— Cette pensée vous préoccupe-t-elle ?

— Je…

Tentant un peu tard de masquer son accès de peur, elle serra les bras sur son ventre.

C'était déjà assez pénible de s'avouer être captivée par l'arrogant Baine. Inutile de le clamer au reste du monde.

— Seulement s'il me laisse coincée ici, marmonna-t-elle.

La tête rejetée en arrière, Char partit d'un grand éclat de rire.

— Je croyais qu'il avait perdu l'esprit. Maintenant je commence à comprendre sa fascination.

Ses yeux gris s'assombrirent jusqu'à ressembler à de la fumée alors qu'il les faisait glisser sur son corps, examinant avec insistance sa chemise de nuit trop courte.

Tayla poussa un soupir résigné. Les dragons avaient-ils pour règle de flirter avec toutes les femmes qui croisaient leur chemin ?

— Non, vous aviez raison la première fois, dit-elle d'un ton pince-sans-rire. Il a perdu l'esprit.

Le sourire de Char s'élargit et ses narines se dilatèrent comme s'il humait son parfum.

— Vous êtes différente.

Tayla recula d'un pas.

— Non, je ne suis qu'une simple sidhe. (Elle haussa les épaules.) À moins que vous ne fassiez allusion à mes talents de pâtissière. Je dois reconnaître que mes scones sont extraordinaires. Vous devriez passer à mon salon de thé pour les goûter.

— Hmm. (Il attarda le regard sur sa bouche.) Je me demande quelle saveur vous avez.

Saveur ? Ce terme ne pouvait rien augurer de bon. Tayla déglutit, chassant la boule qui menaçait de l'étouffer.

— Ce n'est pas poli de manger ses invités.

Il s'avança vers elle.

— Même pas du bout des lèvres ?

— Non.

— Je vous promets que ça vous plaira.

Elle voulait bien le croire. Si elle l'avait rencontré avant Baine.

Mais désormais…

Presque comme si penser au dragon l'avait fait apparaître, une explosion de pouvoir secoua le sol.

— Un pas de plus, Char, et je t'écorche vif pour te transformer en canapé, promit une voix tonitruante.

Ils se retournèrent tous deux pour découvrir Baine qui se tenait sur le pas de la porte de la chaumière.

Avec une nonchalance étonnante étant donné qu'un feu ambré couvait dans les iris de Baine et que ses tatouages lui tournoyaient sur la peau avec une rapidité vertigineuse, Char jeta un coup d'œil à Tayla.

— Pas la peine d'être égoïste, protesta l'hybride. C'est un morceau de choix, mais il y en a bien assez pour deux.

Avec raideur Baine marcha droit sur lui, et l'air crépita sous l'effet d'une chaleur qui aurait consumé Tayla si elle avait été humaine.

— Quand as-tu développé des envies suicidaires ?

Char tint bon.

— À peu près au même moment où tu as développé une obsession des sidhes.

Avec une rapidité fulgurante, Baine tendit le bras et enroula les doigts autour de la gorge de Char. Puis, manifestant une force terrifiante, il le souleva de terre.

— Elle m'appartient, murmura-t-il.

Le visage de l'hybride rougit alors que Baine l'étranglait, mais celui-ci semblait étrangement satisfait par la réaction violente de son maître.

Était-il cinglé ?

— Pigé.

— Dis-le, insista Baine.

— Elle t'appartient, Monsieur.

— Foutaises, grommela abruptement Tayla.

Les deux hommes échangèrent des regards interloqués, comme étonnés de sa présence. Puis Baine esquissa un sourire amusé.

— Foutaises ? demanda-t-il, reposant son ami au sol.

— Je suis peut-être temporairement obligée de payer pour les dettes de mon père, mais je n'appartiens à personne, l'informa-t-elle.

— Elle va avoir besoin d'être dressée, fit remarquer Char, massant délicatement les brûlures sur son cou qui guérissaient rapidement.

— Exact, convint Baine. Je crois que je suis prêt à m'en charger.

Les yeux plissés, Tayla pointa un index vers le dragon exaspérant.

— Votre ami n'est pas le seul à avoir des envies suicidaires, l'avertit-elle.

Char rit doucement.

— Elle est toujours grognon au saut du lit ?

Tayla sentit une chaleur l'envelopper quand Baine s'avança vers elle, ses traits séduisants contractés par un appétit à peine bridé.

— Je suppose que je ne vais pas tarder à le découvrir.

Une excitation torride la transperça, faisant tambouriner son cœur et lui donnant la bouche sèche.

Il était si sexy. Splendide. Et d'une merveilleuse virilité.

Qui pouvait la blâmer de sauter d'excitation à la seule pensée de se réveiller dans ses bras ?

— Baine, souffla-t-elle, les joues teintées de rouge.

Char poussa un grognement stupéfait en examinant son visage empourpré.

— Incroyable, s'exclama-t-il.

À cette remarque, Baine acquiesça d'un signe de tête.

— Oui.

Tayla fronça les sourcils. De quoi pouvaient-ils bien parler ? Il devait s'agir d'un truc de dragon.

— Tu as identifié le traître ?

Heureusement, Char détourna la conversation sur des sujets plus importants.

Une colère sinistre contracta le visage de Baine.

— Il s'agit de Fist.

— Bon sang. (Char sembla choqué, puis des nuages orageux tournoyèrent dans ses yeux.) Est-il mort ?

— Pas encore.

À la vue du sourire cruel de Char, le sang de Tayla se glaça.

— Tant mieux. Je me ferai un plaisir de m'occuper de lui.

Baine leva une main autoritaire.

— Il est dans les cachots. Pour l'instant, je veux le garder en vie.

Char pinça les lèvres de frustration.

— Ça va créer un mauvais précédent.

Baine haussa les épaules.

— Je risque d'avoir besoin de lui.

Comprenant que son maître ne l'autoriserait pas à éliminer le traître, Char hocha la tête à contrecœur.

— Très bien. Que puis-je faire pour toi ?

— Retrouver les trolls qui se sont introduits dans la maison de Tayla, dit Baine.

La jeune femme écarquilla les yeux de surprise. Pourquoi s'intéressait-il aux trolls ?

— Ça ne devrait pas être bien compliqué, répondit Char en haussant les épaules. Que veux-tu que je fasse d'eux ?

— Contente-toi de les garder à l'œil pour l'instant.

Char jeta un regard vers la sidhe avant de reporter son attention sur Baine.

— Et toi ?

— Laisse-nous, grommela Baine en se tournant vers Tayla, un éclat étrange brillant dans ses iris couleur d'ambre.

Tayla eut vaguement conscience du gloussement de Char alors qu'il esquissait un geste de la main et disparaissait dans un portail, mais il lui fut impossible de se concentrer sur autre chose que le dragon qui s'avançait vers elle d'un air menaçant. Surtout quand il la souleva du sol pour la serrer délicatement contre son torse.

Sans se soucier du petit cri qu'elle poussa, il la porta dans la chaumière, enveloppée dans une chaleur délectable.

Baissant la tête, il lui murmura à l'oreille.

— Enfin seuls, ma douce Tayla.

Chapitre 7

Baine avait eu de multiples maîtresses. Il avait beau ne pas être comme nombre de dragons qui éprouvaient le besoin d'assouvir leurs instincts primitifs lors d'interminables orgies, il était un animal sexuel qui goûtait les délices du corps féminin.

Mais il ne se souvenait pas d'avoir jamais porté une femme avant Tayla. Pourquoi en aurait-il été autrement ? Si une courtisane était blessée, il appelait un guérisseur.

À présent, il découvrait que serrer cette femme-là dans ses bras en entrant dans la petite chaumière qui reflétait ses désirs les plus secrets lui procurait une satisfaction absolue.

Il huma profondément son parfum acidulé et la sentit trembler imperceptiblement.

Soudain, elle rompit le silence.

—Char a parlé d'un traître.

Les sourcils froncés, Baine examina son visage empourpré. Il avait supposé avec arrogance qu'elle avait frissonné de plaisir.

S'était-il trompé ?

Après l'avoir déposée avec lenteur au milieu du petit salon, il caressa une mèche dorée qui lui était retombée sur la joue.

— As-tu peur de moi ? s'enquit-il.

— Je… (elle s'interrompit, et des éclats de jade brillèrent dans ses yeux) je ne sais pas ce que je ressens.

Du bout des doigts, il suivit la ligne de son visage et descendit le long de sa gorge.

— Me désires-tu ?

Elle s'humecta les lèvres en une invitation inconsciente et lutta intérieurement pour avouer la vérité.

— Oui, mais malgré moi, murmura-t-elle enfin.

Baine grimaça. Il avait vécu pendant des siècles. Les femmes ne demandaient qu'à attirer son attention. Il n'aimait pas l'idée qu'elle puisse regretter leur désir mutuel.

— Parce que je suis un dragon ?

Elle le regarda fixement, comme déconcertée par sa question.

— Comment ça ?

— Nourris-tu des préjugés contre mon espèce ?

Elle parut sincèrement choquée.

— Bien sûr que non.

Il éprouva un apaisement au plus profond de lui.

— Alors pourquoi ne veux-tu pas me désirer ?

— Parce que j'ai été vendue comme un vulgaire objet par mon père. (Elle grimaça.) Je suis censée être une martyre, pas une victime consentante.

Une martyre ? Baine se retint tout juste de frémir.

— Ça n'a rien à voir avec ton père.

— Bien sûr que si. (Elle lui décocha un regard noir qui l'informa qu'il était vraiment obtus.) S'il ne m'avait pas utilisée pour payer sa dette aux trolls, vous n'auriez jamais appris mon existence.

Baine partit d'un rire cinglant. Ne savait-elle rien du destin ?

Celui-ci aurait fini par lui faire croiser le chemin de cette magnifique femme.

Elle était le but de sa vie.

— Le vice de ton père a fourni l'occasion de notre première rencontre, mais ce n'est pas pour cette raison que je t'ai traquée pendant vingt-cinq ans, dit-il.

Une pointe de vulnérabilité adoucit les traits de Tayla avant qu'elle secoue la tête avec véhémence.

— Les dragons sont réputés pour protéger leur trésor, marmonna-t-elle. Vous ne supportiez pas l'idée que je vous ai échappé.

Il déplaça ses doigts pour toucher la fine chaîne qui chatoyait aux rayons matinaux du soleil levant.

— Exact. (Ils étaient enfin d'accord sur un point : il veillerait toujours sur elle.) Tu m'appartiens.

Elle écarquilla les yeux, et son pouls palpita à la base de sa gorge.

— Cessez de répéter ça.

Baine perçut la tension qui vibrait en elle. Il ne comprenait pas pourquoi elle luttait contre sa nature sensuelle. Ou contre le pouvoir impitoyable qui les rapprochait inexorablement l'un de l'autre.

Mais il ne la brusquerait pas.

Pas parce qu'il se souciait de lui faire bonne impression, s'empressa-t-il de s'assurer. Après tout, il était un dragon. Et son espèce était au-dessus des émotions mesquines.

Mais sa remarque sur le fait qu'elle était une martyre l'avait frappé. Il refusait de prendre dans son lit une femme qui serait déterminée à traiter leurs ébats comme une sorte de malédiction.

Il voulait une Tayla chaude, accueillante et insatiable de ses caresses.

Ce qui signifiait qu'il devait la convaincre que sa présence dans son harem n'avait rien à voir avec les dettes de son père. Et comme tout bon stratège, il avait effectué des recherches pour découvrir ses points faibles.

Contrairement à ses maîtresses précédentes, Tayla n'était pas intéressée par l'or et les joyaux. Ni même le pouvoir.

Non. Toute sa vie, elle avait été privée de l'amour et de l'affection qui constituaient le fondement de la plupart des familles faes. Elle brûlait qu'on s'occupe d'elle.

Certes, il n'avait pas beaucoup d'expérience dans ce domaine. En fait, il n'en avait absolument aucune.

Mais cela ne devait pas être bien difficile, pas vrai ?

— J'ai quelque chose pour toi, dit-il en lui prenant la main pour la conduire dans la cuisine.

— Pour moi ?

Avec méfiance, elle se laissa entraîner dans la pièce inondée de soleil jusqu'à la table en bois placée près de la fenêtre.

Baine l'invita à s'asseoir sur l'une des chaises tandis qu'il ouvrait le panier en osier qu'il avait demandé à ses serviteurs de préparer avant de revenir à la chaumière.

Avec précaution, il sortit l'assiette de pain maison avec du beurre et du miel encore sur son rayon. Une autre contenait des fruits frais et secs. Et pour terminer en beauté, il brandit une bouteille d'une substance dorée qu'on lui avait affirmé être le meilleur nectar au monde.

Ouvrant la bouteille, il versa le liquide sirupeux dans un verre et s'installa sur la chaise de l'autre côté de la table pour regarder avec un plaisir anticipé Tayla en goûter une gorgée.

Elle écarquilla les yeux de surprise.

— Où l'avez-vous obtenu ?

Il l'observa alors qu'elle léchait une goutte sur sa lèvre inférieure, et son membre durcit sous l'effet d'un désir douloureux.

— Directement auprès des Chatri, répondit-il distraitement.

Le souffle coupé, elle reposa brusquement son verre.

— Vous avez des relations avec la famille royale fae ?

Il grimaça. Il détestait avoir affaire aux arrogants Chatri. Ces derniers entretenaient la croyance insensée qu'ils étaient égaux aux dragons. Inacceptable. Mais ils se révélaient parfois bien utiles, notamment quand il avait besoin des mets les plus délicats pour nourrir sa sidhe.

— J'ai pris l'habitude de disposer en permanence d'une brochette de démons qui me sont redevables, murmura-t-il. J'ai rappelé au prince Magnus qu'il me devait une faveur.

— Oh.

Elle examina le festin placé de l'autre côté de la table avec une expression d'impuissance.

— Ça ne te fait pas plaisir ?

— Bien sûr que si.

Baine fronça les sourcils. Elle était censée être reconnaissante. Il avait perdu plus d'une heure pour se rendre au pays des faes. Puis il avait dû réclamer un service très utile.

Pourquoi n'était-elle pas folle de gratitude ?

— Tu es… (il hésita, choisissant ses mots avec soin) très difficile à combler.

Elle tendit la main pour saisir une fraise succulente et l'examina comme si elle n'en avait jamais vu avant.

— C'est juste que je ne comprends pas.

— Quoi ?

Relevant les yeux, elle l'observa avec une perplexité empreinte de méfiance.

— Pourquoi gaspilleriez-vous un service pour moi ?

Il haussa les épaules.

— Il est de mon devoir de m'assurer que tu es convenablement nourrie pendant que tu es sous ma responsabilité.

— Oh. Votre devoir. Je vois.

Une émotion, peut-être de la déception, passa sur son joli visage.

Baine grimaça. Il éprouvait une gêne bizarre à avouer avoir agi pour lui faire plaisir. À n'importe quel prix. Mais cela dit, il ne voulait pas qu'elle croie qu'il en ferait autant pour n'importe quelle femme.

La situation était très perturbante.

— Et j'ai pensé que ça te redonnerait le sourire, avoua-t-il à contrecœur. C'est devenu important pour moi.

Il vit une rougeur charmante lui réchauffer les joues.

— Baine.

— Mange, ordonna-t-il d'un ton bourru.

— Un vrai tyran, marmonna-t-elle.

Mais elle s'exécuta, dévorant la nourriture avec un appétit qui emplit le dragon d'une satisfaction béate. Elle se montra plus prudente avec le nectar, prenant de petites gorgées comme pour mieux le savourer. Finalement, elle leva les yeux pour découvrir qu'il la regardait avec une fascination inébranlable.

— N'avez-vous pas faim ?

Faim ? Il était affamé.

— Pas de nourriture, murmura-t-il d'une voix rauque.

Elle s'étrangla avec une fraise, le parfum de son émoi pimentant l'air alors même qu'elle s'efforçait de feindre l'indifférence.

— Que mangent les dragons ? demanda-t-elle.

Il résista à l'envie de se pencher par-dessus la table pour lécher le jus du fruit sur ses lèvres.

Patience...

— Je suis un prédateur, dit-il. Je mange ce que je tue.

Elle grimaça.

— Je suppose que vous chassez sous votre autre forme ?

— En effet.

Il s'interrompit. Puis, bondissant sur ses pieds, il lui tendit la main.

— Tu veux voir ?

Elle le regarda fixement.

— Pendant que vous chassez ?

— Ma forme animale, rectifia-t-il.

Il ignorait pourquoi il était soudain si déterminé à découvrir la réaction qu'aurait Tayla face à sa bête.

Il savait juste qu'il devait s'assurer que cela ne lui foutrait pas les jetons.

— Je…

Elle hésita, et l'espace d'une seconde il craignit qu'elle ne refuse. Puis, timidement, elle se leva et plaça sa main dans la sienne.

— Oui. Avec plaisir.

Un étrange soulagement le submergea alors qu'il l'entraînait par la porte de derrière.

— Viens avec moi.

Il lui fit traverser le jardin pour rejoindre la vaste prairie émaillée de fleurs sauvages. La laissant debout près d'un petit ruisseau, il s'éloigna suffisamment pour ne pas l'effrayer.

Puis, le regard toujours rivé sur la femme qui l'observait avec des yeux écarquillés, il libéra la magie qui grondait tout au fond de lui.

Dans une flamboyante explosion de pouvoir, des flammes le recouvrirent et lui roulèrent sur la peau, la transformant en écailles argentées qui s'étendirent à mesure que son corps s'allongeait. Tayla entendit craquer ses os et se déchirer ses muscles et ses tendons alors que la bête en son sein émergeait, révélant une forme de lézard avec une longue queue hérissée de pointes et de courtes pattes qui se terminaient par des griffes aiguisées comme des lames de rasoir.

Il avait une lourde tête, avec un étroit museau bordé de dents de vingt-cinq centimètres et des yeux où brûlait un feu ambré. Partant du milieu de son dos, ses ailes parcheminées se déployaient en lignes gracieuses.

Sa transformation achevée, Baine frémit, comme traversé par une extase à l'état pur alors qu'il quittait le sol pour s'élancer dans le ciel.

Il était…

Tayla lutta pour trouver les mots qui exprimeraient la beauté majestueuse de la créature qui volait au-dessus d'elle.

Au soleil levant, ses écailles miroitaient comme de l'argent poli, d'un lustre si brillant qu'il l'aveugla. Par contraste, ses ailes étaient aussi noires que la mort, fendant l'air avec une aisance redoutable.

Elle avait toujours supposé que les dragons dans leur forme animale étaient gros et massifs, comme un alligator volant. Mais Baine était tout le contraire. C'était un prédateur élancé qui lui donna des frissons d'admiration mêlée de crainte.

Alors qu'elle l'avait regardé tournoyer dans le ciel avec une fascination fébrile, elle n'envisagea même pas de reculer précipitamment quand il descendit pour se poser quelques mètres plus loin. Zut, elle s'avança carrément, indifférente aux griffes qui arrachèrent d'énormes mottes de terre du sol et au courant d'air qui plaqua sa chemise de nuit contre son corps quand Baine battit une dernière fois de ses ailes gigantesques.

Elle était hypnotisée par son regard ambré pendant qu'il l'examinait avec une intensité farouche, l'attirant toujours davantage vers lui.

Un pas en avant. Puis un autre. Et un autre. Jusqu'à ce qu'elle sente la chaleur explosive qui irradiait du dragon argenté et qu'une volute de fumée s'enroule autour de son corps tendu.

Être si près de Baine, c'était comme se trouver à côté d'un volcan prêt à entrer en éruption à tout moment. *Un volcan très sexy*, chuchota une voix dans sa tête. Tayla frissonna d'excitation quand, dans une vague de magie, le dragon reprit son apparence humaine.

— Alors ? demanda-t-il, la voix rauque et son feu intérieur brûlant dans ses iris dorés.

Encore émerveillée, Tayla mit une seconde à comprendre qu'il attendait sa réponse. Elle cilla, déconcertée par son expression soigneusement composée. Cherchait-il des compliments ? C'était étrangement… touchant.

— Vous savez bien que vous êtes splendide, dit-elle en haussant les épaules.

Hors de question qu'elle avoue avoir été absolument ensorcelée à sa vue.

— Oui, acquiesça-t-il.

Tayla leva les yeux au ciel.

— Bien sûr.

Il s'avança vers elle, ses tatouages ondulant sur sa peau comme s'il dissimulait une émotion intense derrière un masque d'indifférence.

— Ce que je veux découvrir, c'est si ma forme animale…

Il hésita, choisissant manifestement ses mots avec soin.

— Quoi ? l'encouragea-t-elle.

— Te dérange.

Elle fronça les sourcils, sincèrement étonnée par son étrange question.

— Pourquoi me dérangerait-elle ?

Il garda le regard rivé sur le visage qu'elle levait vers lui.

— Les faes ont tendance à être nerveux en présence des grands prédateurs.

Elle ricana.

— Probablement parce que nous n'avons pas particulièrement hâte de leur servir de repas.

— Mais tu n'as pas été effrayée, insista-t-il.

— Non. (Elle avait été bien trop fascinée par sa beauté féroce pour penser à toutes les raisons qu'elle avait d'être terrifiée.) J'ai manifestement perdu la tête ou bien j'ai atteint mon quota de peur.

Il tendit la main pour passer les doigts dans ses cheveux et, d'un air songeur, examina sa bouche avec insistance.

— Je connais une explication plus logique, lui dit-il.

— Et c'est quoi ?

— Tu me désires, affirma-t-il.

Elle frissonna, frappée par une envie irrésistible de ronronner sous la caresse de ses doigts, comme un chat.

— Baine, souffla-t-elle.

Il baissa la tête, et leurs nez se touchèrent presque.

— Reconnais-le, ordonna-t-il.

Elle posa les mains sur son torse. Elle allait le repousser. Du moins, c'était le plan. Mais dès que ses paumes entrèrent en contact avec la chaleur de sa peau satinée, elle fut dangereusement distraite.

— Pourquoi est-ce si important ? marmonna-t-elle, explorant les muscles ciselés qui se contractaient sous le frôlement de ses mains.

Waouh. Elle n'avait jamais eu conscience que le corps masculin pouvait être si beau.

Elle pourrait passer la journée à le caresser.

Avec un grognement de plaisir guttural, Baine resserra les doigts dans sa chevelure pour lui incliner la tête en arrière, lui exposant la gorge.

— Quand je te mettrai dans mon lit, je veux que ce soit parce que tu brûles de sentir mes caresses. Pas parce que c'est ton devoir.

Oh. Tayla lutta pour cacher son petit sourire. À l'évidence, elle avait touché un point sensible quand elle avait affirmé le désirer malgré elle.

À présent, il était déterminé à lui prouver qu'il pouvait lui faire renoncer à sa fierté.

— Tu es si arrogant, l'accusa-t-elle, haletant quand il créa un chemin de baisers torrides le long de son cou.

— Dis les mots, Tayla, insista-t-il, passant la bouche sur la marque de dragon qui reposait sur le haut de sa poitrine.

Elle s'agrippa à ses épaules quand ses genoux se dérobèrent sous elle. *Oh, Seigneur.* Ses lèvres étaient magiques. De la pure magie. Pas étonnant qu'il ait dû construire un harem pour accueillir les femmes qui se battaient pour devenir ses concubines.

Qui pourrait la blâmer si elle cédait et…

Non. Vilaine sidhe.

Elle lui planta les ongles dans la peau, cherchant désespérément à se raccrocher à la raison.

— Vous ne pouvez pas me forcer, protesta-t-elle avec obstination.

Les baisers voluptueux de Baine lui brûlèrent la peau alors qu'il glissait le bras autour de sa taille pour l'attirer contre son corps ferme. Tayla gémit, ses tétons extrêmement sensibles à la chaleur qui s'immisçait à travers la fine étoffe de sa chemise de nuit.

— Est-ce un défi ? demanda-t-il, relevant la tête pour la dévisager avec un sourire suffisant. Je l'accepte.

Tayla réprima un juron. *Zut.* Venait-elle vraiment de défier un dragon ? Mauvaise idée. Très mauvaise idée.

— Non… je…

Il mit un terme brutal à ses balbutiements en l'embrassant avec une avidité bestiale.

Elle se raidit puis, dans un grognement étranglé, entrouvrit les lèvres.

Le désir l'envahit comme une traînée de poudre, et d'instinct elle enroula les bras autour de son cou alors qu'il plongeait la langue dans sa bouche. *Mmm.* Il avait un goût de pouvoir à l'état brut et de musc.

De quoi la rendre accro.

Tayla perdit toute notion du temps tandis qu'il la plaquait contre son érection frémissante, assaillant sa bouche sans relâche alors qu'elle gémissait doucement.

Il était passionné, exigeant et de plus en plus excité, mais Tayla avait une conscience aiguë du pouvoir vibrant qu'il continuait à brider. Celui-ci crépitait autour d'eux tel un orage, saturant l'air d'électricité.

Ces picotements auraient dû déclencher toutes sortes d'alarmes. Elle avait beau être plus forte qu'un humain, elle n'arrivait pas à la cheville de ce dragon en termes de puissance ou de magie.

Mais le danger ne fit qu'intensifier son ivresse.

Lui saisissant la lèvre inférieure entre les dents, il la lui mordilla avant de relever la tête pour examiner son expression hébétée.

— Dis les mots.

Les mots ? Quels mots ? Tayla lutta pour réfléchir. *Ah ouais.*

Ces mots-là.

Elle plissa les yeux.

— Et si je refuse ?

Il inspira profondément et esquissa un sourire coquin en humant le lourd parfum du désir de Tayla qui emplissait l'air.

— Alors je ne me donne pas assez de mal pour te convaincre, l'avertit-il, l'empoignant brusquement par la taille pour la jeter sur son épaule.

— Baine, protesta-t-elle en hurlant.

Elle n'avait pas besoin de lui demander ce qu'il faisait. Pas quand à longues enjambées il les ramenait à la chaumière et remontait le couloir à une vitesse vertigineuse. Elle contracta les muscles sous l'effet d'un dangereux plaisir anticipé.

— N'avez-vous pas des affaires de dragon qui requièrent votre attention ? grommela-t-elle.

— Rien n'est plus important, lui assura-t-il, se penchant pour la poser sans ménagement au milieu du lit.

Elle atterrit avec un petit rebond, le souffle coupé.

D'accord, ce n'était pas s'enfoncer dans le matelas moelleux qui lui coupa le souffle, mais la vision de Baine penché au-dessus d'elle.

Avec le soleil matinal qui perçait le noir d'ébène de ses cheveux et soulignait la perfection de son visage, elle fut frappée par son altérité. Les faes constituaient une espèce magnifique et les vampires pouvaient être d'une beauté à tomber par terre… littéralement. Mais celle de Baine faisait l'effet d'un uppercut dans le ventre.

Si impérieuse qu'il était difficile de croire qu'elle était réelle.

Ce sentiment d'irréalité vola soudain en éclats quand il saisit l'encolure de sa chemise de nuit et la déchira en deux.

— Hé, souffla-t-elle.

Avec une aisance pleine de grâce, il s'agenouilla sur le matelas au côté de Tayla, un feu ambré brûlant dans ses yeux.

— Ne t'inquiète pas, dit-il, lui passant la main sur l'épaule puis le long du bras. Je t'achèterai une dizaine de nouvelles robes. Un millier.

Il prononça cette promesse d'une voix basse et hypnotique.

Tayla frissonna, sentant ses tétons qui durcissaient sous l'inspection torride de Baine. Son ego exigeait peut-être qu'elle feigne de consentir à un énorme sacrifice en partageant le lit de cet homme, mais son corps refusait de coopérer.

— Je peux m'acheter des vêtements toute seule, marmonna-t-elle bêtement.

Avec douceur, il suivit la ligne délicate de sa clavicule.

— Je veux te voir drapée dans la soie la plus fine.

— C'est tellement… oh !

Les mots restèrent coincés dans sa gorge quand il titilla la pointe sensible d'un sein.

Posant les mains de chaque côté de ses épaules, il se pencha, remplaçant ses doigts taquins par ses lèvres. *Oh... oui.* Cette chaleur humide était exactement ce qu'elle voulait.

Avec une insistance grandissante il lui suça le téton, lui frôlant le visage de ses cheveux brillants et traçant de la main un chemin hardi sur les muscles tendus de son ventre. Partout où il la touchait, des étincelles de plaisir extrême la transperçaient, pour former une douleur lancinante entre ses cuisses.

Tayla gémit et s'arqua quand une extase flamboyante, incandescente la traversa.

Suivant des doigts la courbe de sa hanche, il releva la tête, révélant son expression tendue par un appétit tout juste bridé.

— Mais cela dit, une peau si incroyable ne devrait jamais être couverte, souffla-t-il. Je te garderai peut-être nue dans mon harem.

Elle trembla, loin d'être aussi offusquée qu'elle le devrait par son fantasme. En fait, elle commençait à apprécier les avantages qu'elle goûtait à laisser quartier libre à ses lèvres et à ses doigts habiles.

Seule la mention de son maudit harem la mit de mauvais poil.

— Même pas en rêve, s'obligea-t-elle à grommeler.

Le petit rire bas de Baine l'effleura comme une caresse chaude. Délicieux. Presque autant que la main qu'il glissa sous sa cuisse pour lui écarter les jambes.

Tayla réprima un gémissement et se contracta de plaisir anticipé. Rien qu'à l'idée de Baine se plaçant sur elle pour la pénétrer, elle faillit jouir.

Qu'adviendrait-il quand il le ferait vraiment ?

S'embraserait-elle ?

— Au sujet de ces obligations de dragon, bredouilla-t-elle, soudain troublée par la violence absolue de son désir.

Celui-ci menaçait de la consumer.

— Je m'occupe de la seule obligation de dragon qui importe, lui dit-il, captant son regard de ses yeux ambrés pendant qu'il se baissait pour arracher d'un coup sec son pantalon ample.

Elle s'enfonça les ongles dans les paumes. *Ne regarde pas, ne regarde pas, surtout ne regarde pas…*

Elle regarda.

Et fut perdue.

Il était aussi superbe qu'elle l'avait imaginé. Non. Encore plus.

Aucun fantasme n'était comparable à la vision de son corps parfaitement ciselé, avec ses muscles fins onduleux et ses tatouages hypnotisants et miroitants. Il avait l'air d'avoir été créé par la main d'un maître.

Et son membre…

Long, dur et assez gros pour qu'elle se demande si elle pourrait l'accueillir.

— Baine, dit-elle d'une voix rauque, trop perdue dans ses pensées pour protester quand il plaça les hanches entre ses cuisses écartées.

Il baissa la tête et déposa des baisers frénétiques sur son visage empourpré avant de lui lécher la gorge.

— Mmm.

Quand son grondement de plaisir vibra contre elle, elle plongea les doigts dans sa chevelure épaisse. Elle s'était demandé quel effet cela ferait à la seconde où elle l'avait aperçu. À présent elle savait. Du satin. Du satin pur.

— J'adore ta saveur, murmura-t-il, lui mordillant la chair à la base du cou. Du citron.

Du citron ? Tayla se raidit. Cela ne semblait pas très sexy.

— Insinuez-vous que je suis aigre ? s'enquit-elle.

— Acidulée, rectifia-t-il, lui effleurant les seins du bout des lèvres pour donner un coup de langue appuyé à chaque téton étroitement contracté. Terriblement alléchante. Pareille à une drogue.

D'accord. Voilà qui lui plaisait davantage. Elle poussa un doux gémissement alors qu'il faisait glisser sa bouche plus bas, et la chaleur du corps de Baine explosa dans l'air. Presque comme s'il avait ouvert la porte d'un four pour laisser son feu intérieur brûler dans l'atmosphère.

Percevant son tressaillement de stupéfaction, il leva la tête pour l'examiner avec inquiétude.

— Je suis trop chaud ?

Un rire tremblant échappa à Tayla.

— Si n'importe quel autre homme me posait cette question, je supposerais qu'il…

Elle ravala ses sarcasmes quand Baine la foudroya du regard avec une colère inattendue.

— Arrête, commanda-t-il d'une voix rauque.

Tayla sentit son cœur cogner contre ses côtes. Elle eut un aperçu soudain du prédateur redoutable qui rôdait juste sous la surface.

— Tu ne parleras pas d'autres hommes, ordonna-t-il, hérissé de pure possessivité masculine. Tu ne penseras même pas à eux.

Surprise par sa réaction farouche, elle secoua la tête.

— Comment ça ?

Il se baissa jusqu'à ce que leurs nez se touchent.

— Je serai le seul homme à occuper tes pensées. (Il s'empara de ses lèvres en un baiser qui l'irradia de chaleur jusqu'à la pointe des orteils.) Et ton lit.

Chapitre 8

Quelque part dans son cerveau embrumé, Baine savait que sa réaction était excessive.

À quand remontait la dernière fois où il s'était demandé si sa partenaire pensait ou non à un autre homme ? Jamais. Voilà la réponse. Du moment qu'elle était dans ses bras, il supposait juste qu'elle avait envie d'être sa maîtresse.

Et pourquoi pas ? Ce n'était pas comme si les femmes ne faisaient pas la queue pour être invitées dans son harem.

À présent, cependant, il luttait contre le besoin irrésistible de…

De quoi ?

Il l'avait déjà revendiquée comme sienne avec la marque de dragon suspendue à son cou. Pourtant, tout au fond de lui, il éprouvait le besoin impétueux d'en réclamer plus.

Percevant peut-être son envie avare de la garder entièrement pour lui, Tayla le dévisagea avec une prudence soupçonneuse.

— Baine…

— Chut. Assez parlé.

Lui encadrant le visage des mains, Baine l'embrassa avec une exigence absolue.

Mienne, chuchota une voix dans son esprit.

Lui entrouvrant la bouche de la langue, il goûta pleinement sa douceur acidulée, un désir sauvage vibrant à travers lui. L'espace d'une seconde, elle resta raide sous lui, comme si elle se méfiait encore de sa possessivité féroce. Puis, dans un soupir, elle se cambra vers lui, passant les doigts dans ses cheveux.

— Un vrai tyran, murmura-t-elle.

Percevant la capitulation de Tayla, la bête en lui gronda de satisfaction.

Il lui embrassa les yeux et le bout du nez avant de revenir à ses lèvres soyeuses qui semblaient implorer son attention. En même temps, il s'installa plus profondément entre ses cuisses.

Ils gémirent en chœur lorsque son gland glissa sur son sexe moite. Baine serra les dents. Ce serait si aisé de se forcer un passage et d'en finir avec sa soif brutale de posséder cette femme. Mais jamais il ne précipiterait leur première fois.

Pas alors qu'il la voulait si perdue dans son désir qu'elle en oublierait lui avoir jamais été vendue par son père.

Couvrant de baisers un endroit sensible à la base de sa gorge, il sourit de satisfaction quand elle inclina la tête en arrière pour lui en faciliter l'accès.

Poursuivant son exploration, il libéra une petite explosion de feu qui dansa sur sa peau tendre. Pas assez chaud pour brûler, mais crépitant avec une intensité érotique qui la fit sursauter de plaisir.

— C'est… (les mots moururent sur ses lèvres quand il saisit un téton entre ses dents) si bon.

— Parfait, murmura-t-il, goûtant sa saveur acidulée alors qu'il descendait sur la courbe de ses seins, puis plus bas.

Plus bas encore. Il progressa le long de sa taille étroite, par-dessus la rondeur de ses hanches.

Elle était petite, mais avec des formes idéales et d'une exquise délicatesse. Comme un livre rare qui devait être manié avec soin, se rappela-t-il avec sévérité.

Bridant la bête en lui, il glissa peu à peu au bout du matelas et introduisit les bras sous les cuisses de Tayla. Puis, les lui écartant encore davantage, il huma avec soin son désir séduisant.

Avec un grognement sourd, il tira ses jambes sur ses épaules, obtenant l'inclinaison parfaite pour passer la langue sur son clitoris. Son membre tressaillit lorsque sa saveur lui emplit la bouche.

Bon sang. Celle-ci était plus riche que celle de la plupart des sidhes. Un mélange complexe, comme si elle recélait des profondeurs cachées.

À tout autre moment, il aurait peut-être pris le temps d'élucider ce mystère. Les dragons adoraient les énigmes, après tout. Mais il n'était pas d'humeur à s'interrompre pour l'interroger sur le goût à multiples facettes qui lui titilla les sens. Pas alors qu'il enfonçait la langue en elle avant de la passer de nouveau sur son clitoris.

Elle trembla, et son bref soupir emplit l'air. *Ah.* Ainsi, sa petite sidhe aimait cela. Répétant cette caresse, il resserra son étreinte sur ses jambes alors qu'elle se tortillait de délice.

— Assez, souffla-t-elle, se penchant pour plonger les doigts dans sa chevelure.

Oh, par l'enfer non. C'était loin d'être assez, pensa Baine.

Si elle pouvait encore former des mots cohérents, elle n'était pas aussi perdue dans sa passion qu'elle le devrait.

— Jouis pour moi, ordonna-t-il et, de la pointe de la langue, il tapota l'endroit précis de son plaisir.

Elle poussa un gémissement étranglé, avant de lui tirer les cheveux assez fort pour lui faire mal. Non que Baine s'en aperçoive. Émerveillé, il observa son visage pâle rougir et ses yeux s'assombrir jusqu'à ressembler à des émeraudes miroitantes au soleil.

La respiration de Tayla se mua en petits halètements, et la jeune femme planta les dents dans sa lèvre inférieure quand elle céda enfin à l'orgasme qui l'emporta dans un bref cri d'extase. Elle trembla de tout son corps sous la force de sa jouissance.

Sans relâche il continua à lui caresser le clitoris, l'apaisant pendant son explosion de volupté avant d'attiser de nouveau son désir sans attendre.

— Baine, gémit-elle, sa douce supplication le poussant à remonter sur elle, en s'arrêtant à tout instant pour déposer des baisers taquins sur sa peau moite.

Il épousa ses seins des mains et du pouce décrivit un cercle autour de ses tétons pendant qu'il lui embrassait le creux du cou.

— Touche-moi, demanda-t-il avec brusquerie.

Avec un minuscule cri de soulagement, elle s'exécuta aussitôt, presque comme si elle mourait d'envie d'explorer ses muscles durs. Grommelant un juron, Baine lui empoigna les hanches pour la plaquer contre son érection douloureuse.

Il avait eu l'intention de la savourer pendant des heures. Voire des jours. Mais la petite sidhe sexy ne se contenta pas de passer les mains sur son torse. Non. Elle caressa la ligne de ses épaules et le renflement de ses biceps avant de suivre avec lenteur la courbe de son dos.

Baine siffla entre ses dents quand elle referma un instant les mains sur ses fesses puis les glissa par-dessus ses hanches pour s'emparer de son érection.

Au même moment, elle souleva la tête au-dessus du matelas et se servit de la pointe de la langue pour dessiner les tatouages qui se déplaçaient sur sa peau.

Bon sang. Des éclairs de volupté crépitèrent en lui, et son membre palpita tant son besoin de jouir était pressant. Jamais de l'enfer il ne tiendrait quelques minutes de plus, alors un jour entier encore moins.

Manifestement, il devrait satisfaire un minimum ses appétits avant d'envisager un projet si ambitieux.

Il se pencha et l'aida à guider son érection en elle. Puis, lorsque son gland appuya contre son sexe, il continua à lui tenir les doigts pour les frotter contre son clitoris. Dans un gémissement sourd, Tayla laissa retomber sa tête sur le matelas pendant qu'il attisait le feu de son désir.

Lorsqu'elle enroula instinctivement les jambes autour de ses hanches, plus que prête à l'accueillir en elle, il la pénétra enfin profondément.

Lorsqu'il posa le regard sur la femme sous lui, une étrange sensation l'étreignit à la vue de la vulnérabilité qui brillait dans ses grands yeux. Pouvait-elle avoir l'air plus innocent ? Comme un ange qu'il aurait enlevé du paradis. Cette vision éveilla un instinct protecteur, et un frisson d'alarme lui dégringola le long du dos.

Non. Avec violence, il claqua la porte sur tout ce qui pourrait le distraire de ce moment.

Baissant la tête, il l'embrassa avec fougue et recula les hanches avant de s'enfouir dans sa chaleur accueillante. Elle gémit en un doux encouragement et souleva le bassin pour venir à la rencontre de ses puissants assauts.

Lorsque Baine glissa la langue entre ses lèvres, son dragon gronda de plaisir en crachant une explosion de feu. Ignorant qu'ils étaient enveloppés de ses flammes, Tayla lui rendit son baiser avec un désespoir grandissant qui ne pouvait être feint.

En cet instant, elle ne songeait pas à son père, ni au devoir ou au paiement d'une dette…

Les pensées de Baine volèrent en éclats à la volupté à l'état brut qui lui contracta les testicules.

Il était proche. Divinement proche.

Pressant les doigts de Tayla contre son clitoris, il l'entendit pousser un gémissement étranglé et sentit les contractions de sa jouissance sur son érection. Incapable de se retenir plus longtemps, il donna un ultime coup de reins et feula quand l'orgasme déferla sur lui.

Des flammes incandescentes dansèrent sur le lit, s'enroulant autour de leurs corps étroitement enlacés comme pour les unir.

Bon sang. Que lui avait fait cette femme ?

Chapitre 9

Levet ignorait combien payait le sidhe pour sa chambre au pub, mais quel que soit le montant, c'était trop.

Grimaçant à l'odeur de bière éventée et de pisse qui saturait les cellules du niveau inférieur, il garda la queue au-dessus du sol poisseux et ouvrit la porte dissimulée derrière un voile d'illusion.

Si c'était possible, cette pièce exiguë était encore pire que les autres.

À la puanteur venaient s'ajouter des tas de vêtements crasseux jetés par terre au milieu de bouteilles vides et d'assiettes sales qui firent frémir d'horreur la gargouille.

Manifestement, Odel était embarqué dans une spirale descendante vers l'enfer.

L'endroit parfait pour ce minable, songea Levet. Malheureusement, il avait besoin de son aide pour sauver Tayla des griffes du dragon. Dès que la jolie sidhe serait en sécurité, l'imbécile pourrait se noyer dans ses immondices en ce qui le concernait.

S'obligeant à franchir le seuil, il parcourut des yeux la pièce apparemment vide, soulagé que son espèce soit immunisée contre la plupart des maladies. Qui savait quels horribles microbes se propageaient dans cette mer d'ordures ?

Pire, aucun sidhe n'était couché sur le lit miteux ni accroupi dans un coin sombre.

— *Sacrebleu**, grommela Levet, repliant ses ailes le long de son corps. Ce doit être sa chambre, mais où est…

Il s'interrompit en humant une odeur de figues macérées dans du cognac. Une minute après, un homme aux longs cheveux dorés et au visage fin entra d'un pas chancelant, vêtu d'une chemise blanche froissée et d'un pantalon noir.

— Odel ? s'enquit Levet, regardant le nouveau venu plisser ses yeux d'un vert jaunâtre.

— Oui, c'est moi, répondit le sidhe, qui manqua de tomber la tête la première en exécutant une révérence exagérée. À votre service.

Levet fit claquer sa langue. L'homme était soûl comme une grive. Une expression bizarre, étant donné que Levet n'avait jamais vu de grive ne serait-ce que pompette.

Puis, avant qu'il ait pu parler, le sidhe secoua frénétiquement la tête.

— Non. Attendez, marmonna-t-il. Je ne suis pas Odel. En fait, je ne connais même pas ce type.

Je suis… (Les sourcils froncés, il tenta ridiculement de se souvenir de ses mensonges.) C'est quoi mon nom, putain ?

— Odel ? suggéra Levet.

— Oui, c'est ça. (Odel esquissa un large sourire, puis prit conscience un peu tard de son erreur, les sourcils de nouveau froncés.) Non. Cessez de me perturber.

— Je ne suis pas à blâmer pour votre stupidité.

Le sidhe l'observa de son regard vitreux.

— Qui êtes-vous ? Une sorte de démon ?

Avec lenteur, Levet secoua la tête.

— La génétique est vraiment déroutante.

— La quoi ?

Levet s'avança, brûlant de jeter une boule de feu sur le fae ivre. Pas pour le tuer… juste pour le dégriser. Malheureusement, la pièce était tellement imbibée d'alcool qu'elle risquerait d'exploser.

— Comment pouvez-vous avoir un lien de parenté avec Tayla ? murmura-t-il.

— Tayla ? (L'homme se raidit et s'agrippa au montant de la porte pour se soutenir.) Vous connaissez ma fille ?

— Oui.

Durant un bref et douloureux silence, Levet vit le visage de l'homme se vider de son sang.

— Comment va-t-elle ? demanda-t-il finalement d'une voix enrouée.

Levet ricana.

— Comme si vous vous en souciez.

— Bien sûr que oui. (Une émotion, peut-être du regret, déforma son visage fin.) Je suis son père.

Levet pointa vers lui un doigt griffu.

— Vous n'avez aucun droit de vous dénommer ainsi.

Odel rentra la tête dans les épaules, comme si Levet l'avait frappé.

— Vous ne savez rien de moi.

— Je sais que vous êtes un lâche égoïste qui a perdu son âme au jeu, et quand l'heure est venue de payer vos dettes, vous avez vendu votre fille pour vous tirer la putain, l'accusa Levet d'un ton brusque.

— La putain ? (Un instant, l'homme sembla déconcerté.) Oh. Vous voulez dire « du pétrin » ?

— *Oui**. Pour vous tirer du pétrin, répéta Levet avec impatience. C'est répugnant.

— Je ne voyais pas quoi faire d'autre, tenta de se défendre Odel. Ils m'auraient tué.

— Et Tayla ? demanda Levet.

L'homme haussa les épaules, affichant une mine boudeuse puérile.

— Ils ont promis qu'elle deviendrait la favorite d'un puissant dragon.

Levet secoua la tête. Comment ce bon à rien pouvait-il bien avoir un lien de parenté avec la généreuse et douce Tayla, qui était la gentillesse incarnée ?

— Au moins, ma mère n'a fait qu'essayer de m'assassiner, dit-il. Elle ne m'a jamais prostitué.

Durant une longue minute, Odel le foudroya du regard, puis, dans un sanglot étranglé, il tomba à genoux, le visage enfoui dans les mains.

— Vous avez raison, pleurnicha-t-il. Je ne suis pas digne d'être son père.

— C'est vrai, confirma aussitôt Levet. Les parents sont censés protéger leurs enfants.

Odel leva les yeux, le visage ruisselant de larmes.

— C'est trop tard.

Levet esquissa une moue. Il aurait pu montrer un peu plus de compassion s'il avait pensé que le salopard pleurait sur Tayla et non sur lui-même.

— *Non*[*]. Vous pouvez encore vous racheter, insista Levet.

— Comment ?

— Acquittez la dette et libérez votre fille.

Le sidhe secoua la tête, et un éclair de culpabilité traversa son visage avant de laisser de nouveau place à une expression maussade.

— Je ne peux pas, marmonna-t-il. L'argent s'est envolé.

Bien sûr qu'il s'était envolé. Levet leva les yeux au ciel.

— Et votre boutique ? s'enquit-il.

— Les trolls l'ont détruite.

— Alors vous n'avez pas le choix. (Levet s'avança et enfonça un doigt au milieu de la poitrine de l'homme.) Vous allez devoir offrir votre personne.

Odel eut le souffle coupé, horrifié. Manifestement, il ne lui était jamais venu à l'esprit qu'il pourrait se sacrifier pour sauver Tayla.

Quelle couille molle. Non, attendez… couillon. Un gros couillon.

— À quoi bon ? marmonna-t-il. Ils ne veulent pas de moi.

— Ne va pas si vite en besogne, sidhe. Pour une fois, tu pourrais bien avoir quelque valeur, dit une voix traînante alors qu'un homme surgissait d'un portail qui s'était ouvert juste derrière l'imbécile à genoux.

L'inconnu avait de longs cheveux noirs et le visage fin aux traits délicatement ciselés des faes, même si Levet ne parvint pas à discerner le pouvoir qui vibrait en général autour des démons.

— Merde, souffla Odel.

Il tenta de s'enfuir précipitamment alors que le portail s'agrandissait encore et qu'un troll adulte apparaissait dans le couloir exigu, sa tête épaisse passant à travers le plafond aux poutres apparentes au-dessus d'eux.

Se retournant vers Levet, le sidhe ivre lui adressa un regard noir chargé d'un mépris flagrant.

— Vous m'avez piégé.

— Pourquoi vous piégerais-je, espèce de créature ridicule ? protesta Levet qui se dirigea en se dandinant vers le premier homme.

Il devait être fae. Ou possédait du moins du sang magique. C'était la seule raison expliquant qu'il puisse former des portails. Levet s'arrêta juste devant lui et renifla son pantalon en cuir. Hmm… il avait une odeur de céleri. *Pouah !*

— Êtes-vous fae ? demanda-t-il.

Interloquée, la créature recula d'un pas en foudroyant Levet du regard.

— Ne t'approche pas de moi.

La gargouille ne releva pas sa grossièreté. Vraiment, les démons devraient prendre des leçons de savoir-vivre.

— Que faites-vous ici ? s'enquit-il.

— Le sidhe vient avec moi, dit le démon, les yeux rivés sur Odel qui traversait le sol crasseux en marchant comme un crabe.

L'imbécile tentait-il de s'échapper ?

— *Non**. (Levet mit les mains sur les hanches et bomba son étroite poitrine.) Je l'ai trouvé avant vous. Premier arrivé, premier servi. Il vient avec moi.

L'homme aux cheveux noirs le dévisagea comme s'il avait perdu l'esprit, puis il adressa un geste de sa main fine au troll qui attendait.

— Prends-les tous les deux.

Levet poussa un cri perçant quand le béhémoth l'attrapa par les ailes.

Oh… sapristi.

Tayla luttait pour reprendre son souffle alors que Baine pivotait avec lenteur sur le côté, les bras toujours étroitement enroulés autour d'elle. Dans son esprit, une voix s'obstinait à la mettre en garde, menaçant de détruire cet instant. Mais quand la jeune femme se tendit, Baine s'empara de ses lèvres en un baiser qui la transperça, chassant sa vaine tentative pour recouvrer la raison.

Oh ouais, et lui procurant des frissons d'émerveillement.

Blottie contre lui, elle s'efforça de trouver quelque chose à dire. Elle n'était pas experte en conversations sur l'oreiller. Et « merci pour la meilleure partie de jambes en l'air de ma vie » semblait un peu bizarre étant donné les circonstances.

Alors elle posa la question qui l'avait tracassée depuis que Baine l'avait conduite dans cette chaumière.

— Tu ne m'as pas dit pourquoi nous devions quitter ton repaire, murmura-t-elle.

Elle le sentit tressaillir, et il embrassa distraitement son front humide.

— Mon père, répondit-il, la voix empreinte d'une colère soudaine.

Tayla grimaça. Le bref moment qu'elle avait passé en compagnie du dragon plus âgé lui avait laissé l'impression d'une brute agressive qui régnait avec une main de fer.

Elle remerciait le ciel que Baine l'ait rachetée à cette bête terrifiante.

—Qu'est-ce qu'il a ?

—Il est… (il hésita, comme pour s'assurer d'employer le terme adéquat) imprévisible.

Tayla éclata d'un rire amer. Elle avait Odel. Difficile de le battre en matière d'imprévisibilité.

—Je comprends.

Baine suivit des lèvres la courbe de son nez avant de lui effleurer la bouche.

—Oui, je suppose que oui.

Elle s'écarta pour examiner son visage séduisant.

—Vous ne vous entendez pas tous les deux ?

Il haussa les épaules.

—Il est rare que les dragons forment des liens familiaux. Nous sommes des créatures solitaires par nature, même si Synge est toujours heureux de se rappeler mon existence quand il attend quelque chose de moi.

Elle ne prêta pas attention à l'étrange pincement qu'elle ressentit quand il affirma à brûle-pourpoint être un solitaire.

—Il veut quelque chose maintenant ?

Une chaleur dangereuse satura l'air.

— Toi.

— Moi ? Pourquoi ?

Elle fronça les sourcils. Était-ce une blague ? Non. Baine pouvait la taquiner, mais il ne plaisantait jamais.

— Je l'ignore, mais j'ai bien l'intention de le découvrir.

Sa détermination farouche était indéniable, même s'il était en train de tracer un chemin de baisers le long de son visage.

— En attendant, nous restons ici, ajouta-t-il.

— Nous ? Tu vas rester avec moi ?

La surprise et une émotion bien plus périlleuse secouèrent Tayla à l'idée de passer des jours, voire des semaines, seule avec Baine dans la minuscule chaumière. Sans trop savoir pourquoi, elle avait supposé qu'il retournerait à son repaire.

Il lui mordilla le lobe de l'oreille, comme pour la punir.

— Où d'autre voudrais-tu que j'aille ?

— Je pensais…

— Ne pense pas, l'interrompit-il, s'emparant de sa bouche en un baiser qui constituait une tentative délibérée de lui embraser les sens.

Ce qui fonctionna à merveille.

— Baine, souffla-t-elle, le cœur tambourinant contre ses côtes.

— Je savais que ce serait ainsi, chuchota-t-il.

Elle frissonna.

— Comment ? demanda-t-elle, alors même qu'elle connaissait la réponse.

Puissant, explosif, irrésistible.

— La perfection, dit-il, les yeux brillants. Nous étions manifestement destinés à être ensemble.

Elle digéra ses paroles.

Il avait raison. Il était inutile de penser. Du moins pour le moment.

En cet instant, tout ce qu'elle voulait, c'était profiter. Et sentir…

Tayla caressa les muscles lisses de son torse, fascinée par la chaleur satinée de sa peau. En même temps, elle passa le pied sur son mollet, un mouvement qui la rapprocha de son membre qui durcissait déjà.

Une ivresse bouillonna en elle à la réaction enthousiaste de Baine. Se savoir capable d'éveiller ses instincts primitifs était aussi grisant que du nectar.

— Ma ravissante sidhe, gronda Baine, lui écrasant les lèvres de baisers fougueux qui la firent se cambrer de plaisir.

Il avait un goût de feu de dragon. De sexe. Et de pouvoir.

Un mélange exaltant.

Il lui effleura le corps en une exploration intime qui la fit frissonner. Il lui caressa les épaules puis l'arrière des bras. Il épousa ses seins des deux mains et, du pouce, titilla ses tétons jusqu'à ce qu'ils deviennent des pointes douloureuses. Et durant tout ce temps il continua à l'enivrer de ses baisers profonds et étourdissants.

Le désir la frappa avec force, ainsi qu'une sensation périlleuse qu'elle s'empressa d'enterrer dans le fond de son esprit.

Percevant aisément son impatience, Baine la fit rouler sur le dos et la couvrit de son grand corps, cherchant de la bouche le bout sensible d'un sein.

Il murmura son approbation quand elle lui griffa le dos, avant de lui saisir les hanches.

Avec adresse, il tourmenta son téton, frottant son érection contre son clitoris jusqu'à ce qu'elle se cambre sous lui en une supplication silencieuse. Il reporta son attention sur son autre sein et glissa la main sous ses fesses.

— Je ne peux pas attendre, chuchota-t-il. Tu es prête ?

Prête ? Bon Dieu, elle était sur le point de s'embraser.

— Oui, murmura-t-elle.

— Dis-moi que tu as besoin de moi, ordonna-t-il. Je veux entendre ces mots.

— J'ai besoin de toi.

Comme si par ses paroles elle lui avait permis de lâcher la bride, Baine poussa un grondement sourd et, d'un violent coup de reins, s'enfonça profondément en elle.

Tayla eut le souffle coupé. Il était assez gros pour la combler au maximum, lui provoquant une brûlure exquise. Dans un gémissement rauque, elle enroula les jambes autour de ses hanches et appuya les talons dans le bas de son dos.

— Encore, murmura-t-il, enfouissant le visage au creux de son cou.

Elle frissonna en sentant la caresse rugueuse de sa langue sur son pouls, et une chaleur érotique lui dansa sur la peau quand le feu de dragon recouvrit le corps de Baine.

Oui. *Oui, oui, oui!*

Elle lui planta les ongles dans les hanches et s'agrippa à lui quand il accéléra le rythme. C'était bon. Si bon.

Les sensations combinées de chaleur et de ses impitoyables assauts l'emportaient rapidement dans un vortex de félicité. Consciente que tenter de prolonger son plaisir constituait une perte de temps, Tayla souleva le bassin au-dessus du matelas, pour venir à la rencontre de chacun de ses coups de reins.

Elle gémit quand une explosion de feu de dragon les entoura, les unissant et les propulsant jusqu'à un orgasme commun qui les submergea tous deux de volupté.

Plongée dans un brouillard d'extase, elle flottait dans un sentiment d'irréalité pendant que Baine créait un chemin de baisers jusqu'au lobe de son oreille. En même temps, il fit remonter ses mains le long de sa taille pour leur faire épouser ses seins gonflés.

Baine grogna de satisfaction quand ses tétons se contractèrent aussitôt de plaisir anticipé.

— Mienne.

Le désir de Baine coula en elle avec une intimité stupéfiante, lui coupant le souffle. C'était comme…

Elle prit une inspiration tremblante.

Oh, merde.

Malgré des signaux d'alarme évidents, il s'écoula plusieurs heures avant que Tayla accepte l'idée qu'elle avait vraiment des ennuis.

Pas juste du genre « merde, mon soufflé est retombé ». Ou « j'ai oublié de payer la facture d'électricité ».

Mais à la « oh, mon Dieu, toute ma vie a changé ».

Elle aurait dû le savoir à la seconde où elle avait senti Baine s'enfouir profondément en elle. Elle avait éprouvé du plaisir. Tellement qu'elle avait manqué de perdre connaissance. Mais elle s'était dit que c'était l'avantage d'être entre les mains d'un amant doué.

Même quand elle avait perçu la sensation caractéristique de leurs âmes qui fusionnaient, elle avait tenté de feindre de ne pas comprendre ce qui arrivait.

Mais à présent elle ne pouvait plus nier l'évidence.

Une partie d'elle était convaincue que cet homme était son… compagnon.

À la « pour toujours et à jamais ».

Heureusement, son ventre gronda, protestant contre les longues heures qu'ils avaient passées sans s'alimenter, et Baine se traîna hors du lit pour aller chercher le pain et le miel qui restaient, ainsi que la bouteille de nectar, laissant Tayla méditer sur les conséquences.

Et elles étaient terribles.

Contrairement à beaucoup de démons, les faes pouvaient choisir d'être avec un partenaire ou une dizaine. Mais lorsqu'un sidhe était avec une espèce qui s'unissait, comme les vampires ou les garous, l'instinct latent d'être revendiqué comme sien pouvait être réveillé.

La panique palpita au creux de son ventre.

Qu'est-ce qui clochait chez elle ?

Non seulement elle avait activement participé à sa propre séduction, mais à présent elle s'empêtrait émotionnellement avec l'homme qui l'avait achetée comme une vulgaire marchandise.

Avalant le nectar à un rythme frénétique, Tayla tenta de ne pas prêter attention au dragon qui était allongé près d'elle, un sourire indolent sur son visage à la beauté douloureuse.

Ouais, comme si elle pouvait ne pas remarquer la chaleur orageuse qui vibrait dans l'air. Ou le fait qu'ils étaient tous deux complètement nus.

Malgré tout, elle devait s'efforcer d'ériger une sorte de mur entre eux. Sinon il risquait de deviner la vérité.

Si cela ne serait pas pathétique ?

Surtout après qu'il avait pris la peine de lui dire que les dragons ne voulaient pas de famille, ni de « ils se marièrent et eurent beaucoup d'enfants ».

Prenant conscience de devenir fleur bleue, Tayla se tourna pour poser son verre vide sur la table de chevet.

La regardant avec une étrange expression de satisfaction, comme s'il était content qu'elle ait réussi à terminer son assiette, Baine fit disparaître le plateau tout en lui tendant la petite bouteille de nectar.

— Encore une rasade ? demanda-t-il.

— Non. Il est très fort.

Elle secoua la tête. Une goutte de plus, et elle chanterait des chants de marin avec un abat-jour sur le crâne.

Il gloussa.

— Je veux bien te croire. Tu as le nez rouge.

Elle leva la main pour toucher son nez engourdi.

— Mais non.

Baine se pencha pour lui en embrasser le bout.

— Il est toujours parfaitement charmant, lui assura-t-il, ses mots résonnant comme un ronronnement rauque. Tout comme tes lèvres.

De la bouche, il effleura ses lèvres frissonnantes avant de s'attaquer à son oreille.

— Tes oreilles et…, poursuivit-il.

Des frémissements de plaisir la transpercèrent à chacune de ses caresses dévastatrices. D'instinct, elle inclina la tête sur le côté, l'invitant en silence à continuer.

Elle ne comprit ce qu'elle faisait qu'en sentant son sang s'échauffer dans l'attente de son contact. *Argh.* Elle était censée ériger des barrières, pas fondre sous l'exploration de ses lèvres.

S'obligeant à s'écarter, elle remonta le drap jusqu'à son cou.

— Quelle heure est-il ? demanda-t-elle.

Baine arqua un sourcil, lisant facilement son malaise.

— Le temps n'a pas de sens ici.

C'était parfaitement vrai. Quelques heures pouvaient s'être écoulées depuis leur arrivée dans la chaumière, ou un mois.

— Peut-être, mais nous ne pouvons pas rester éternellement ici.

De ses yeux d'ambre, il la scruta avec une intensité troublante.

— Pourquoi pas ?

— Parce que…

— Oui ?

Elle s'efforça de trouver un prétexte valable.

— Je dois passer chez moi, parvint-elle finalement à grommeler.

— Ta maison n'ira nulle part.

— Peut-être, mais il y a des réparations à effectuer et elle doit être nettoyée de fond en comble, bredouilla-t-elle.

Il ne sembla guère convaincu par son excuse hâtive.

— La gargouille peut s'en occuper.

— Ça ne relève pas de la responsabilité de Levet, insista-t-elle. Mais de la mienne.

Après un long silence inconfortable, il tendit la main pour lui coincer avec douceur une mèche derrière l'oreille.

— Qu'est-ce qui ne va pas ?

Elle frissonna. Quelle serait sa réaction si elle lui disait ?

Ohé, Baine, je sais que je ne suis qu'une concubine temporaire qui est là pour rembourser les milliers de dollars de dette de mon père, mais je crois que tu as éveillé mes instincts de l'union…

Soit il rirait, soit il tirerait profit de sa faiblesse.

Aucune de ces éventualités n'était acceptable.

Avec détermination, Tayla s'accrocha à son excuse.

— Ma maison a été détruite par des trolls.

— Cela n'a rien à voir avec ta maison.

— Tu lis dans les pensées ?

— Tayla. (Il lui encadra le visage des mains pour la scruter avec une impatience grandissante.) Parle-moi.

Elle rentra la tête dans les épaules et regretta que l'air soit saturé de sa senteur musquée. C'était déjà assez pénible qu'il soit splendide et nu, avec des tatouages hypnotisants. Devait-il aussi avoir une odeur délicieuse ?

— Il n'y a rien à dire.

Il plissa les yeux.

— À peine quelques minutes plus tôt tu…

Elle s'empressa de lui coller la main sur la bouche. Elle savait ce qu'elle faisait quelques minutes auparavant.

Et il était question de ses lèvres qui étaient refermées autour de son érection très dure…

— Arrête, souffla-t-elle.

— Et maintenant tu es pressée de me quitter, poursuivit-il, une chaleur plus coléreuse que sexy rendant l'air mordant. Pourquoi ?

Elle déglutit et regarda vers la fenêtre derrière lui. N'importe quoi pour éviter son brûlant regard ambré.

— Ce n'est pas parce que je suis obligée d'être ta concubine que je dois oublier ma vraie vie, insista-t-elle.

Elle ne réfléchit pas à ses paroles. Pas avant de sentir Baine se raidir.

— Obligée ? répéta-t-il, sa voix un grondement sourd.

Tayla grimaça. *Zut.* Elle avait cherché à instaurer de la distance entre eux, mais elle n'avait pas eu l'intention d'insinuer qu'elle avait été une sorte de victime non consentante.

Au prix d'un effort, elle croisa son regard féroce.

— Tu sais ce que je veux dire.

— Il se trouve que non. À t'entendre, je t'ai forcée à entrer dans mon lit. (Son expression était dangereusement indéchiffrable.) Je me trompe ?

— Je voulais juste dire... (Elle s'humecta les lèvres et détourna de nouveau le regard vers la fenêtre.) J'ai une vie que je ne peux pas mettre éternellement de côté.

Il resserra la main sur son visage.

— Tayla, regarde-moi.

C'était un ordre, pas une suggestion, et Tayla obéit avant d'avoir pu s'en empêcher.

— Quoi ?

Il baissa la tête jusqu'à ce que seuls deux centimètres les séparent, une petite volute de fumée s'élevant de son nez.

— Es-tu dans ce lit parce que tu me désires ou parce que tu t'es sentie obligée ?

— Baine...

— Réponds à la question, commanda-t-il d'une voix rageuse. Pourquoi es-tu dans mon lit ?

Mince, elle ne *voulait pas* lui résister. Du moins, son corps ne le voulait pas.

Mais elle ne parvint pas à prononcer les mots. Elle secoua alors la tête.

— Faut-il que tu me prennes tout ?

Il fronça les sourcils à son accusation sévère.

— Qu'est-ce que ça signifie, putain ?

— N'est-ce pas assez que j'aie accepté de payer la dette de mon père ?

— Non, ça n'est pas assez.

Ses yeux couleur d'ambre s'assombrirent. Pas sous l'effet de la colère. Mais d'une émotion à la vue de laquelle le cœur de Tayla se serra de regret.

Elle ouvrit la bouche pour effacer ses affreuses paroles, mais avant qu'elle ait pu parler il avait sauté au bas du lit et enfilait son pantalon.

— Très bien.

L'amant indulgent avait disparu, remplacé par un prédateur au regard froid qui claqua des doigts avec impatience.

— Habille-toi.

Ayant douloureusement conscience d'avoir détruit quelque chose de fragile, peut-être même précieux, Tayla descendit précipitamment du lit, le drap toujours serré autour de son corps tremblant.

— Où allons-nous ? demanda-t-elle.

Ses traits masculins parfaits étaient durs, et les tatouages lui tournoyaient sur le corps à une vitesse frénétique.

— Si tu veux être traitée comme une des jolies babioles de mon trésor, alors tes désirs sont des ordres.

Chapitre 10

Baine ne se rappelait pas avoir jamais été aussi furieux.

Pas lorsque son père l'avait jeté hors du repaire familial avant qu'il ait atteint la puberté. Ni lorsque le gobelin avait tenté de lui vendre un coffre aux trésors rempli de pyrite. Ni même quand une horde d'humains excessivement zélés s'était glissée dans sa grotte et avait essayé de le frapper avec une fourche.

Et c'était bien de la fureur qui lui coulait dans les veines comme de l'acide, s'assura-t-il farouchement. Rien à voir avec de la déception, un désir contrarié ou un cœur meurtri.

Ce serait… pure folie.

Tenant Tayla par le bras, il forma un portail directement dans la partie la plus reculée et la plus secrète de son repaire. Puis, l'entraînant à sa suite, il referma violemment l'ouverture derrière eux.

Dès qu'il sentit qu'elle avait recouvré l'équilibre, il la lâcha, s'éloigna d'un pas et croisa les bras.

Il se dit que c'était pour paraître encore plus intimidant. Comme si un grand méchant dragon avait besoin de se donner du mal pour malmener un minuscule bout de sidhe. Mais mieux valait cela que d'admettre qu'il n'avait pas trouvé d'autre moyen de s'empêcher de tendre la main pour repousser les mèches dorées qui encadraient son visage pâle. Ou de toucher le pull en cachemire prune pour voir s'il était aussi doux qu'il le supposait.

À l'intérieur de lui, sa bête fouettait l'air de sa queue et crachait du feu. Elle ne comprenait pas pourquoi il ne retournait pas au lit avec cette femme dans ses bras.

La bête ne se souciait pas que Tayla refuse obstinément de reconnaître avoir fondu sous les caresses de Baine parce qu'elle le désirait. Désespérément. Le dragon savait juste que rien n'avait jamais été si bon que la sensation de son érection qui s'enfouissait dans sa chaleur soyeuse.

Néanmoins, Baine était profondément offensé d'avoir été accusé de forcer une femme.

N'avait-il pas payé une maudite fortune pour elle ? N'avait-il pas consacré vingt-cinq ans à tenter de la retrouver ? Et ne l'avait-il pas emmenée dans son propre coin de paradis pour qu'elle soit heureuse de passer du temps avec lui ? Par l'enfer, il avait réclamé une faveur que lui devait un membre de la famille royale fae pour lui procurer le nectar le plus fin.

Et pour quoi ?

Si la fierté de Tayla exigeait qu'elle soit traitée comme une prisonnière, alors très bien.

Il la traiterait comme telle.

Il feignit de ne pas remarquer son expression vulnérable tandis qu'elle parcourait des yeux l'immense espace encombré jusqu'au plafond de piles d'or et de joyaux ainsi que d'œuvres d'art inhabituelles qui avaient attiré son attention au fil des années. Ses précieux livres se trouvaient dans une bibliothèque à température régulée qui était cachée derrière des couches d'illusions à l'autre bout de la salle.

Finalement, elle lui adressa un regard méfiant.

— Où sommes-nous ?

— Dans ma salle du trésor, dit-il d'une voix traînante aux accents froids. Mets-toi à l'aise.

Elle tressaillit et serra les bras sur son ventre.

— Tu ne comptes pas me laisser ici, si ?

— Pourquoi pas ? gronda-t-il. J'ai essayé de t'offrir une maison agréable, mais tu préfères être traitée comme un objet.

De la tête, il lui indiqua un tas de lingots.

— C'est ici que je garde mon butin de guerre, ajouta-t-il.

— Baine…

— Je reviendrai quand j'aurai besoin de toi, l'interrompit-il sans ménagement, se dirigeant vers l'entrée toute proche.

— Non. (Tayla s'élança à sa suite.) Je t'en prie, attends.

Sans répondre à sa prière, il sortit et claqua la porte derrière lui. Bon sang, il ne se sentirait pas coupable.

Ni seul.

Ni…

— Monsieur.

D'un coup d'œil, Baine s'aperçut que le garde posté devant la porte de sa salle du trésor le dévisageait avec une inquiétude manifeste.

À dessein, il examina le jeune homme qui était un hybride comme Char, mais qui avait de courts cheveux noirs et des yeux d'un bleu éclatant.

— Torque.

— Oui, Monsieur ?

— Assurez-vous que personne ne s'approche de la porte, ordonna-t-il. Peu importe de qui il s'agit. Nul autre que moi n'est autorisé à entrer.

Son serviteur le dévisagea avec perplexité. C'était le même ordre que recevaient tous les gardes qui étaient chargés de protéger son trésor. Baine n'avait pas besoin de se répéter.

— Bien sûr, murmura-t-il.

— Et avertissez-moi immédiatement si mon père fait une apparition inattendue, poursuivit-il.

Le garde acquiesça.

— Entendu, Monsieur.

Baine hésita encore, saisi d'une étrange inquiétude à l'idée de laisser Tayla.

Ce n'était pas exactement de la peur. Après tout, personne ne pouvait pénétrer dans sa salle du trésor. Non seulement elle était gardée en permanence, mais elle était enveloppée de sortilèges qui garantissaient qu'il était le seul à pouvoir former des portails à l'intérieur.

Non. C'était plus un sentiment de… malaise.

Comme si sa belle sidhe risquait de se sauver s'il lui tournait le dos.

Secouant la tête pour chasser ces idées ridicules, Baine s'obligea à marcher jusqu'à ses appartements privés. Jamais de l'enfer Tayla ne s'échapperait.

— Char, appela-t-il, utilisant ses liens mentaux avec son fidèle serviteur pour ouvrir un portail.

Quelques secondes plus tard, le dragon hybride entra dans la pièce meublée de bibliothèques et de fauteuils bien rembourrés. Avec ses courts cheveux argentés coiffés de façon à dégager son visage fin et vêtu d'un col roulé et d'un pantalon noirs, il ressemblait à un touriste fortuné qui voyageait à travers le monde en quête d'aventures. Tant qu'on ne s'approchait pas trop de la chaleur qui émanait de son corps svelte et musclé ni n'apercevait les nuages orageux qui tournoyaient dans ses yeux.

— Voilà qui est une surprise, dit-il d'une voix traînante, observant Baine en arquant un sourcil.

Celui-ci se versa un grand verre de son meilleur cognac.

—Quoi donc ?

—Je ne m'attendais pas à te voir hors de ton lit avant un mois, expliqua Char d'un ton enjoué. Pourquoi n'es-tu pas avec ton adorable sidhe ?

Excellente question.

—Elle est…

—Belle, suggéra Char. Sexy ? Irrésistible ?

Les trois à la fois, reconnut-il en silence.

—Exaspérante, dit-il tout haut.

Char haussa les épaules.

—C'est une femme. Elle est censée l'être.

Baine avala le cognac d'un trait et se frotta la nuque. *Bon sang*. Tayla avait beau être enfermée, il avait l'impression que, tapie dans l'ombre, elle le foudroyait du regard.

—Elle fait de l'excellent boulot, grommela-t-il, avant de plisser les yeux quand Char éclata d'un rire mordant. Qu'y a-t-il de si amusant ?

—Je ne t'ai jamais vu aussi perturbé à cause d'une femme.

Des volutes de fumée s'échappèrent de ses narines dilatées.

—Perturbé ?

Char leva les mains.

—Comment l'exprimerais-tu ?

— Casse-pieds, gronda-t-il, se frottant toujours la nuque.

Et alors ? La sidhe lui avait manifestement embrouillé l'esprit.

— Tu as retrouvé les trolls ? ajouta-t-il.

Char hésita, comme s'il envisageait de poursuivre le jeu très dangereux consistant à railler son maître. Puis, percevant aisément que Baine était à bout de patience, il ravala son sourire.

— Oui, répondit-il d'un ton brusque. J'ai suivi leur piste depuis le repaire de ta sidhe jusqu'à un endroit situé à un peu plus d'un kilomètre de là.

De minuscules flammes dansèrent sur la peau de Baine. À la seule pensée de trolls qui rôdaient près de la demeure de Tayla, la bête en lui rugit, brûlant de les réduire en cendres.

— Ils surveillent la maison, dit-il, l'expression sévère. On devait s'y attendre.

Avec lenteur, Char hocha la tête.

— Oui.

Baine posa son verre vide.

— Autre chose ?

— J'ai découvert un portail aux abords de leur campement.

Un portail ? Baine feula de stupéfaction.

— Sidhe ?

— Fae.

Eh bien, voilà qui était… surprenant. Que pouvait bien faire un fae avec des trolls ? Les deux espèces se détestaient. Juste une nouvelle question déroutante qui venait s'ajouter à une très longue liste.

— Tu l'as suivi ? demanda-t-il.

— Oui.

Baine poussa un grognement rauque d'impatience. Depuis quand obtenir des informations de Char était-il devenu pire que d'arracher des putains de dents ? Et pourquoi sa nuque continuait-elle à le picoter comme si on l'observait ?

Son humeur passa de revêche à carrément massacrante.

— Et ? insista-t-il sèchement.

— Il m'a conduit à un château abandonné à la frontière norvégienne, révéla Char.

La main tendue, Baine attendit qu'une carte enroulée y apparaisse par magie. Puis, se dirigeant vers le bureau, il la déploya sur la surface plane.

— Montre-moi, ordonna-t-il.

S'empressant de le rejoindre, Char lui indiqua une zone isolée.

— Là.

Baine scruta le relief accidenté. Pas le genre d'endroit qui attirerait la plupart des faes.

— Une forteresse appartenant aux trolls ?

— Non. (Char secoua vigoureusement la tête.) Je n'ai pas pu effectuer un examen approfondi des lieux, mais je soupçonne les occupants d'être des assassins.

Baine tapota le bureau d'un doigt fin. De ce qu'il savait, ces mercenaires impitoyables se faisaient payer une fortune. À moins d'être désespérés, peu de démons étaient prêts à débourser un tel prix.

— Depuis quand les trolls louent-ils les services d'assassins ?

— Je n'en ai pas la moindre idée. (Char haussa les épaules.) Mais ça doit avoir un rapport avec ta sidhe.

Baine sentit son cœur manquer un battement. Et pas d'une façon positive.

C'était déjà assez pénible que les trolls et son père portent un intérêt étrange à Tayla. La dernière chose dont il avait besoin, c'était qu'une bande d'assassins se joigne à cette folie.

— Qu'est-ce qui te fait dire ça ?

— Il y a moins d'une heure, un fae bâtard est arrivé au château en compagnie de Skragg.

Baine plissa les yeux. Il s'agissait du troll qui avait initialement offert Tayla à son père.

— Tu as entendu ce qu'ils disaient ?

— Non, mais en revanche j'ai aperçu leurs prisonniers.

— Leurs prisonniers ? Qui étaient-ils ?

— Un sidhe dénommé Odel et une gargouille naine.

Baine poussa un feulement de frustration. Il aurait dû se douter qu'Odel s'enfoncerait dans les ennuis jusqu'au cou. L'imbécile était né pour être un boulet qu'il devait se traîner.

— Pourquoi…

Baine s'interrompit en éprouvant un sentiment de perte déchirant qui le jeta presque à genoux.

— Merde, souffla-t-il, portant la main à son cœur.

Il mit une seconde à comprendre ce que ce vide douloureux signifiait. Pas étonnant. Jamais de toute sa très longue existence il n'avait été relié à une femme au point de sentir sa présence au plus profond de lui.

Seule Tayla avait réussi à accomplir cet exploit alarmant.

Des flammes lui dansèrent sur la peau alors qu'il sortait à grands pas de ses appartements privés et remontait le couloir. Prestement Char le rejoignit, dardant le regard de côté et d'autre, comme à la recherche d'un ennemi à tuer.

— Que se passe-t-il, putain ? demanda celui-ci.

— Elle est partie, rugit Baine, se dirigeant droit vers la salle du trésor sans jamais ralentir.

Char fronça les sourcils, déconcerté.

— Tayla ?

Une émotion, proche de la souffrance, transperça la poitrine de Baine.

— Oui.

— C'est impossible.

— À moins d'avoir reçu de l'aide, ajouta-t-il en s'arrêtant devant le garde. Torque, aboya-t-il.

L'homme tressaillit et lorgna les flammes de Baine qui s'étaient intensifiées jusqu'à devenir pure chaleur blanche. De quoi brûler un hybride.

— Oui, Monsieur ?

Baine s'avança.

— N'ai-je pas été assez clair concernant mes ordres ?

L'homme lui adressa un hochement de tête tremblant.

— Clair comme du cristal.

— Alors pourquoi avez-vous ouvert la porte ?

Torque blêmit.

— Je ne l'ai pas ouverte.

Baine grimaça. Le jeune soldat n'était pas stupide. Il devait savoir que mentir à son maître signait assurément son arrêt de mort.

— Quelqu'un a dû s'introduire dans la salle du trésor, affirma-t-il d'un ton brusque, supposant l'existence d'un autre traître.

— Non, Monsieur. Personne n'est entré ni sorti, insista le jeune homme. Je le jure.

Grommelant un juron, Baine contourna le garde en sueur et ouvrit la porte.

Suivi de Char, il s'avança dans la pièce et scruta rapidement les tas de trésors. Non que ce soit nécessaire. Le vide qui continuait à l'élancer au centre de son être suffisait à lui confirmer que Tayla était partie.

— Tu l'as laissée ici ? demanda Char, comme si Baine avait pu oublier où il avait planqué la belle sidhe.

— Oui.

— Où est-elle allée ?

— C'est la question que je me pose, répliqua sèchement Baine, la bête à l'intérieur de lui brûlant de sortir pour traquer la femelle qu'il considérait comme sienne.

Alors qu'il contournait un grand coffre rempli de précieux rubis, il s'immobilisa.

— Là, marmonna-t-il, se baissant pour toucher le sol. Un portail.

Il percevait les résidus de magie laissés par un puissant sort.

Incrédule, Char poussa un cri étranglé.

— Aucun démon ne peut créer de portail dans la salle du trésor d'un dragon.

— Manifestement si, grommela Baine alors même qu'il reconnaissait en silence la véracité des paroles de son ami.

Jamais une créature n'aurait dû être capable de former une ouverture dans son repaire. Et encore moins dans cette partie protégée par de nombreux sortilèges. C'était simplement inconcevable.

Passant en revue les traces de magie, il poussa un grognement de surprise. Le portail avait été ouvert par un sidhe.

— Tayla.

D'un mouvement brusque, Baine se redressa, les sourcils froncés. Rien de tout cela n'avait de sens. À moins…

— Merde. (Secouant la tête, il se demanda comment il avait bien pu être si aveugle.) C'est ça.

Char le rejoignit.

— Quoi ?

— J'ai été un imbécile. Allons-y.

Baine fendit l'air de la main, ouvrant un portail qui lui permettrait de suivre son exaspérante femme.

Tayla se demandait ce qui lui était arrivé.

Pendant des années, elle avait été une commerçante sérieuse et travailleuse qui ne se faisait pas remarquer et évitait de prendre des risques.

À présent, elle était manifestement suicidaire.

Comment expliquer sinon son refus d'attendre dans la salle du trésor de Baine comme elle en avait reçu l'ordre ?

Après tout, elle avait promis de payer la dette de son père. En fait, elle avait tant pris à cœur le fait d'avoir accepté ce devoir qu'elle avait carrément réussi à blesser la fierté de Baine. Ce qui l'emplit bizarrement d'un regret douloureux.

Mais alors qu'elle avait peut-être mérité la réaction furieuse du dragon, elle avait refusé de rester dans son trésor à simplement attendre qu'il vienne la chercher quand il aurait décidé qu'il la désirait de nouveau dans son lit. Ils devaient parler. Elle devait lui expliquer que…

Eh bien, même si elle ignorait ce qu'elle comptait lui dire, elle n'avait pas voulu patienter pour le faire.

Voilà pourquoi elle avait ouvert un portail pour le suivre et avait entendu sa conversation avec Char.

Un instant, elle avait oublié ses émotions embrouillées, son irritation contre Baine et même sa crainte d'être découverte par les trolls. Levet et son père étaient en danger.

Elle devait tenter de les sauver.

Mémorisant l'endroit que Char avait indiqué sur la carte, elle avait formé un portail près du château situé en zone montagneuse. Sans surprise, celui-ci s'était révélé être une monstruosité grise qui servait de forteresse impénétrable. Elle n'était pas chanceuse au point d'avoir pour destination un spa élégant où elle pourrait s'offrir un agréable soin du visage et un massage après avoir réussi à secourir Odel.

Après s'être glissée aussi près des remparts en pierre de cinq mètres de haut qu'elle l'avait osé, elle avait créé un autre portail qui lui avait permis de déboucher au niveau le plus bas de la tour intérieure.

Puis, terrifiée à l'idée de risquer d'être découverte à tout instant, elle s'était faufilée à travers les cachots sombres jusqu'à ce qu'elle perçoive enfin une odeur caractéristique de granit.

Levet.

Jetant un coup d'œil autour d'elle pour s'assurer qu'aucun garde n'était à proximité, elle trouva un bout de fil de fer par terre et s'empressa de crocheter la lourde serrure. Son père ne lui avait pas appris grand-chose au fil des années, mais il avait insisté pour qu'elle sache identifier de la fausse monnaie, pleurer à la demande et crocheter une serrure.

Rien de tout cela ne lui avait jamais été utile.

Jusqu'à cet instant.

Aussi silencieusement que possible, elle poussa l'épaisse porte, et la peur qui l'étouffait s'apaisa quand le minuscule démon bondit au bas du lit étroit et s'approcha d'elle en se dandinant.

— *Mon Dieu**, souffla Levet, ses ailes tremblant de stupéfaction. Comment es-tu arrivée ici ?

Tayla fronça les sourcils. La pauvre créature était-elle tombée sur la tête ? Comment s'imaginait-elle qu'une sidhe avait réussi à entrer dans une forteresse de trolls bien gardée ?

— J'ai formé un portail.

Elle parla avec lenteur. Juste au cas où le cerveau de son ami serait dérangé.

Levet la regarda fixement.

— Ici ?

Ouais. Ce devait être un traumatisme crânien.

— Pourquoi pas ?

— Le château est enveloppé d'une couche de magie d'atténuation, répliqua la gargouille, qui la dévisagea comme si elle tentait de résoudre une énigme. J'ai été incapable de créer ne serait-ce qu'une boule de feu.

Tayla haussa les épaules.

— Comme je te l'ai dit, j'ai un don pour créer des portails. Mon père prétend que je l'avais hérité de ma mère.

Soudain distrait, le minuscule démon grimaça.

— Ah *oui**, ton père.

Tayla réprima un soupir. Elle avait l'habitude du ton méprisant qu'adoptaient les gens en évoquant Odel.

— Comment vous êtes-vous rencontrés ?

Levet leva les mains.

— Je suis parti à sa recherche.

— Pourquoi ?

— C'est le seul moyen qui m'est venu à l'esprit pour te sauver des griffes du dragon.

— Oh.

Tayla sentit sa gorge se nouer alors que ses yeux s'embuaient. Depuis sa plus tendre enfance, on avait attendu d'elle qu'elle se comporte en adulte. Elle protégeait son père des innombrables créanciers qui frappaient à leur porte et l'aidait à rejoindre son lit quand il buvait trop de nectar. Personne n'avait jamais pensé qu'elle pourrait avoir besoin d'être secourue.

— C'est vraiment adorable.

— *Sacrebleu**. (Remuant sa queue enroulée autour de ses pieds, Levet se frotta une corne atrophiée.) Tu ne vas pas pleurer, si ?

Elle renifla, ravalant ses larmes.

— C'est juste… personne n'a jamais voulu me sauver avant.

Levet lui tapota doucement la main.

— Je n'ai pas fait un boulot du feu de nonne, n'est-ce pas ?

Tayla pinça les lèvres. Seul Levet pouvait la faire rire au milieu d'un cachot sombre, froid et humide qui empestait le troll.

— Du feu de Dieu ? corrigea-t-elle.

— *Oui**. (Levet poussa un petit soupir.) J'avais l'intention de conduire Odel auprès du dragon pour l'échanger contre toi, mais j'ai à peine eu le temps de le retrouver dans un pub londonien qu'est apparu un étrange fae accompagné d'un troll.

Tayla tapota la tête de son ami avec reconnaissance, avant de tourner ses pensées sur la dernière catastrophe provoquée par son père.

Il était rare de voir un fae travailler avec un troll. Les deux espèces se détestaient.

— Ont-ils dit pourquoi ils voulaient mon père ? s'enquit-elle.

Levet marmonna un truc qui ressemblait à un juron français.

— *Non**, mais ce n'est pas bien difficile à deviner.

Tayla grimaça. Il n'existait qu'une seule raison pour laquelle on se donnerait du mal pour trouver son père.

— Il leur doit de l'argent, c'est ça ? demanda-t-elle en soupirant.

Battant des ailes, Levet lui appuya sur les jambes. Presque comme s'il tentait de la pousser vers la sortie.

— C'est certainement le cas, mais ce n'est pas pour ça qu'ils l'ont amené dans ce château isolé.

Elle se laissa conduire hors de la cellule.

— Alors pourquoi ?

— C'est un piège, *ma belle*[*]. C'est la seule explication sensée. (Une inquiétude grandissante assombrit son vilain petit visage.) Tu dois partir d'ici.

Il avait raison.

Qu'elle soit traquée par des trolls et que son père soit enlevé par l'un d'eux constituait une coïncidence trop grosse. Les deux devaient être liés.

Néanmoins, elle était venue dans le château dans un but.

— Pas sans toi, murmura-t-elle, empoignant Levet par le bras. Ni mon père.

— Tayla. Attends.

Levet trottina pour la suivre, la queue tendue droit derrière lui.

Secouant la tête, elle tourna dans un étroit tunnel tout en humant l'air à la recherche de l'odeur de son père.

— Nous devons nous dépêcher, marmonna-t-elle.

Levet lui tira la main.

— Arrête-toi.

À contrecœur, elle s'exécuta pour l'observer avec une impatience flagrante.

Le tunnel était crasseux et sombre, et de la moisissure rendait les murs glissants. Sans parler du fait qu'on risquait de déceler sa présence d'un instant à l'autre.

Le moment semblait mal choisi pour bavarder.

— Pourquoi ?

Levet replia ses ailes.

— Ton père.

Tayla eut le souffle coupé.

— Il n'est pas blessé, si ?

— *Non*[*]. (Il plaqua ses ailes le long de son corps.) Il est de ceux qui réussissent toujours à sortir indemnes d'une catastrophe.

— Je suppose que oui, convint Tayla. Alors quel est le problème ?

Odel s'assurait de survivre. Peu importait le prix.

Levet hésita avant de pousser un bruyant soupir.

— Je ne pense pas que ton père mérite que tu risques ta vie pour lui.

— Oh.

Tayla se mordit la lèvre. Elle savait que Levet s'inquiétait sincèrement pour elle. Ce qui était vraiment merveilleux. Mais elle avait passé toute son existence à s'occuper d'Odel. Elle ne pouvait pas simplement lui tourner le dos alors qu'il avait des ennuis.

— C'est mon père.

— Quel dommage, grommela Levet.

Tayla grimaça, puis entraîna de nouveau la gargouille dans le tunnel. Il lui était impossible d'expliquer pourquoi elle éprouvait le besoin de protéger son père.

Probablement parce que rien ne justifiait la famille. Elle était juste… là.

Impatiente de retrouver Odel et de quitter ces horribles cachots, Tayla surgit d'un tournant pour découvrir que le passage était bloqué par un géant au visage carré et aux cheveux blonds coupés ras.

Vêtu d'un tee-shirt et d'un jean, il aurait pu être humain, mais Tayla sentit l'odeur du sang de troll qui lui coulait dans les veines. Comme si la lueur cramoisie qui brillait dans ses yeux ne trahissait pas son hybridité.

— Ah. Enfin. (L'homme sourit, dévoilant des dents acérées.) Je t'attends depuis très longtemps, ma chère.

Chapitre 11

Accroupi derrière un gros rocher au sommet de la montagne, Baine observa le château situé en contrebas.

Lorsqu'il avait suivi le portail ouvert par Tayla, il avait pensé arriver chez elle. Elle avait été impatiente à en être pénible de retourner dans sa maison exiguë pour veiller aux travaux nécessaires. N'était-ce pas pour cela qu'elle avait prétendu devoir quitter ses bras ?

Mais ils étaient juchés en… La tête rejetée en arrière, Baine huma l'air.

Norvège ?

Merde.

— C'est le repaire des assassins ? gronda-t-il.

Char s'accroupit à côté de lui et scruta les ruines qui venaient d'être réparées.

— Oui.

Baine grimaça. Une seule raison expliquait que Tayla se soit rendue là. Pour sauver cette gargouille ridicule. Et son bon à rien de père.

Mais comment avait-elle pu savoir…

Brusquement, Baine se rappela les étranges picotements sur sa nuque. Il les avait écartés bien trop facilement.

À présent, il comprenait que la sidhe rusée devait avoir créé un portail pour l'espionner. Puis, lorsqu'elle avait entendu Char révéler que Levet et Odel avaient été capturés, elle était venue là pour…

Eh bien, il n'en était pas sûr. Mais il parierait tout son trésor qu'il était question de risquer sa jolie peau.

— Bon sang, marmonna-t-il alors que des volutes de fumée s'échappaient de ses narines et que des flammes lui dansaient autour des pieds.

Soudain l'air vif devint d'une chaleur torride.

Char se tourna pour examiner Baine d'un regard fixe.

— Tu vas me dire ce qui se passe ?

Il s'agrippa des deux mains au rocher, les pensées de plus en plus distraites alors que sa bête primitive tentait désespérément de discerner le parfum de sa femelle.

Où était-elle ? Était-elle déjà entrée dans le château ?

— Vingt-cinq ans plus tôt, j'ai racheté Tayla à mon père.

Char arqua un sourcil.

— Ouais, je me rappelle. Tu es de mauvais poil depuis.

Baine ne releva pas l'insulte.

— Je suis retourné à mon repaire pour réunir le paiement et préparer le harem, expliqua-t-il d'un ton absent.

— Préparer le harem ? répéta Char de façon prévisible. Comment ça ?

Baine grimaça, mais ne détourna jamais les yeux du château.

— Mêle-toi de tes affaires, dit-il d'un ton brusque, refusant de révéler qu'il avait fait nettoyer tout le harem pour s'assurer qu'il ne resterait aucune trace de ses précédentes maîtresses.

Char poussa un grognement qui ressemblait fort à un rire étranglé.

— D'accord.

Trop occupé à compter les gardes qui arpentaient les remparts, Baine ne prêta pas attention à l'amusement de son ami.

— Quand je suis revenu, mon père ne s'est pas soucié de m'informer que la femme avait disparu, poursuivit-il, portant son regard sur les couches de magie qui chatoyaient comme un dôme au-dessus de la cour intérieure en ruine. Jusqu'à ce que je lui donne le paiement.

— Typique de Synge, gronda Char.

— Exactement.

Sur le moment, Baine avait été furieux. Mais pas parce que son père lui avait extorqué une fortune. Il n'arrivait pas à croire que cette femme fascinante lui ait filé entre les doigts. Et c'était cette colère qui l'avait rendu aveugle à ce qui sautait aux yeux.

— J'ai supposé qu'elle avait réussi à s'échapper par le portail que les trolls avaient utilisé pour entrer dans ce monde. Mais maintenant…

Les mots moururent sur ses lèvres lorsqu'il trembla de tout son corps en distinguant la senteur distante de citron brûlé.

Tayla.

Et elle n'était pas contente.

— Tu crois qu'elle a créé son propre portail, souffla Char, stupéfait.

Baine haussa les épaules. En temps normal, il aurait été aussi abasourdi que son compagnon par le don extraordinaire de Tayla. Mais les circonstances n'avaient rien de normal.

Pas alors qu'il était consumé par le besoin frénétique de la faire sortir du château pour la ramener à son repaire.

— C'est ce qui a dû se passer, dit-il avec un haussement d'épaules.

— Incroyable, murmura Char.

— Non. (Il tourna enfin la tête pour adresser un regard noir à son ami.) Dangereux.

Char arqua les sourcils.

— Pourquoi ?

— À l'évidence, mon père sait que Tayla est capable d'aller et venir à sa guise dans son repaire.

Baine frémit. Le simple fait de prononcer ces mots suffisait à lui nouer le ventre d'effroi.

Char grimaça.

— Oh.

— Exactement. (De la tête, Baine indiqua le château en contrebas.) Et puisque Skragg la traque, je suppose qu'il a dû deviner son don lui aussi.

— Voilà qui expliquerait tout cet intérêt porté à une sidhe ordinaire, murmura Char.

— Oui. Les trolls veulent l'utiliser pour s'introduire dans le repaire d'un dragon. (Brusquement, le rocher se brisa sous la force de la poigne de Baine.) Et mon père souhaite sa mort.

— Bon sang.

Char parut sincèrement offusqué. Pas étonnant qu'il soit déjà tombé sous le doux charme de Tayla.

— Quel est le plan ? s'enquit-il.

Secouant la tête, Baine s'efforça de s'éclaircir les idées.

— J'entre et je la prends, dit-il, la voix chargée du pouvoir de son dragon.

— C'est tout ? (Char lui saisit le bras.) C'est le plan ?

Baine tenta de se libérer de son étreinte.

— Ça ne te suffit pas ? Que penses-tu de « je tue tous ceux qui se mettront en travers de mon chemin » ?

Char ne le lâcha pas.

— Baine, c'est un très mauvais plan, grommela-t-il.

Lorsque ce dernier poussa un grondement guttural menaçant, la roche fondit sous ses pieds.

— Elle m'appartient.

— Ouais, j'ai pigé, s'empressa de dire Char. Elle t'appartient. Mais si tu te rues là-bas comme une brute, ils pourraient la tuer avant que nous ayons pu la ramener.

Baine feula et manqua de s'embraser à la seule idée que Tayla puisse être blessée.

Il raserait la terre entière s'ils lui faisaient du mal.

Au prix d'un effort, il s'obligea à se concentrer sur son ami.

— As-tu une meilleure idée ?

— Ouais. (Char indiqua du doigt le ciel peint des couleurs éclatantes du crépuscule.) Tu les occupes pendant que je m'introduis à l'intérieur pour la sauver.

Le sol trembla sous leurs pieds. C'était de sa femme dont il était question.

Il voulait être le héros.

— Pourquoi n'est-ce pas moi qui la sauve ? demanda-t-il d'un ton brusque.

Char jeta un coup d'œil à la grande crevasse qui s'était ouverte juste derrière eux et esquissa un sourire empreint d'ironie.

— Parce que tu constitues une plus grosse diversion.

D'accord. Il ne pouvait pas contester le raisonnement de Char. Peu de trucs étaient plus distrayants qu'un dragon adulte qui se préparait à causer le chaos.

Il posa la main sur l'épaule de son ami.

— Je compte sur toi, Char.

— Je la ramènerai, affirma ce dernier d'un ton grave. Je te le promets.

N'ayant d'autre choix que de se fier à son serviteur, Baine bondit sur ses pieds et s'élança du sommet de la montagne. Le vent lui cingla le visage tandis qu'il écartait les bras et, dans une explosion de magie, libérait la bête en lui.

Tayla réprima un hurlement, reculant précipitamment d'un pas. Les yeux cramoisis de l'homme renfermaient un vide troublant qui la fit frémir.

Ce n'était pas un chic type.

Et quelle que soit la raison pour laquelle il l'avait attirée dans ce château, celle-ci ne pouvait pas être bonne.

En fait, Tayla était sûre qu'elle était très, très mauvaise.

— Qui êtes-vous ? souffla-t-elle, poussant instinctivement Levet derrière elle.

Le colosse s'avança, la dominant de toute sa hauteur dans le tunnel exigu.

— Craven.

Feignant de ne pas être effrayée, elle releva le menton. Un effort vain, bien sûr. L'homme possédait assez de sang de démon pour humer la terreur qui vibrait en elle.

N'empêche, elle avait sa fierté.

— Devrais-je connaître ce nom ?

— Bon Dieu, j'espère bien que non, dit-il d'une voix traînante, trahissant une éducation remarquable étant donné ses origines.

Elle parierait sa recette de scones préférée qu'il n'avait pas été élevé par son parent troll. Ces affreux démons avaient tendance à communiquer au moyen de grognements et de coups de tête.

— Je me donne un mal fou pour rester dans l'ombre, poursuivit-il, faisant glisser son regard sur son corps tendu. Cependant, nous avons bien un ami en commun.

— Qui est-ce ? demanda-t-elle.

— Skragg.

Tayla poussa un soupir de mépris. Elle n'oublierait jamais cette créature dégoûtante. Skragg ne l'avait pas juste kidnappée et vendue au père de Baine, manifestement il avait pris plaisir à sa détresse.

— Ce troll infâme n'est pas mon ami.

— Voilà qui n'est pas très gentil, ma chère, railla Craven. Tu lui as pourtant fait une sacrée impression.

— Je ne vois vraiment pas pourquoi. Je ne suis que l'une des milliers d'esclaves dont il a fait commerce.

Elle sentit Levet lui pincer l'arrière de la jambe. Était-ce une façon douloureuse de l'avertir de ne rien dire de stupide ? Ou tentait-il de lui transmettre quelque message crypté ?

Craven secoua la tête, avant de sourire de plus belle. *Zut.*

— Non, tu ne te fonds pas dans la masse, ma chère, lui assura-t-il. Tu as des dons absolument uniques.

— Vous voulez que je vous prépare une brioche ?

Elle grimaça quand Levet la pinça de nouveau. *Punaise.* Elle allait avoir la peau couverte de bleus.

— Peut-être plus tard. (L'homme l'observa avec une intensité troublante.) D'abord, tu vas m'ouvrir un portail.

Oh. Tayla fronça les sourcils. Cette exigence ne semblait pas si terrible.

C'était certainement mieux que d'être rôtie à petit feu.

Ou violée.

— C'est tout ? s'enquit-elle, convaincue qu'il devait y avoir une entourloupe.

— C'est un portail très spécial. Ou devrais-je préciser, il conduit à un endroit très spécial.

Le gloussement de Craven fit frémir Tayla. Il avait des accents… diaboliques.

— Lequel ? s'obligea-t-elle à demander.

— Le trésor d'un dragon, répondit-il d'une voix suave.

Ouais. Une entourloupe.

Elle n'avait pas besoin des pincements de Levet pour l'avertir qu'elle devait se montrer prudente. Très, très prudente.

— C'est impossible, dit-elle.

— C'est ce que je supposais. (Il plissa ses yeux cramoisis.) Jusqu'à ce que Skragg raconte dans une taverne pleine de démons ivres qu'une jeune et jolie sidhe a réussi à s'échapper du repaire du puissant Synge.

Maudit Skragg. Un jour, elle espérait qu'il serait… eh bien, elle ignorait ce qui constituerait un châtiment approprié, mais ce devrait être douloureux.

Et lent.

— C'était un accident, tenta-t-elle de bluffer. Quand les trolls sont partis…

— Non, l'interrompit brusquement Craven. Skragg se trouvait dans son repaire lorsqu'on a découvert que tu t'étais enfuie. Synge s'est indigné à grands cris que tu aies pu réussir à créer un portail.

Elle s'humecta les lèvres.

— Il s'est trompé.

Tendant soudain la main, l'homme referma les doigts autour de sa gorge.

— Ne me mens pas, sidhe, cracha-t-il, ses yeux jetant des éclairs dans l'obscurité.

— Laisse-la tranquille, sale brute.

Levet s'élança de derrière Tayla, les poings serrés, alors qu'il s'efforçait en vain de lancer un sort. Au même moment, Craven leva le pied pour envoyer la pauvre créature valser dans le tunnel.

— Aah ! hurla la gargouille, heurtant le mur dans un grand fracas.

À moins que ce bruit soit causé par autre chose, songea vaguement Tayla quand le tunnel trembla et que de la poussière tomba du plafond.

Il était difficile de réfléchir quand on vous étranglait.

— Fini de jouer, annonça Craven avec hargne, la soulevant du sol. Tu vas ouvrir un portail ou je tue ton père.

— S'il vous plaît, souffla-t-elle, se sentant défaillir.

Comment était-elle censée former un portail si elle était inconsciente ?

Et qu'était-ce donc que ces bruits sourds ? Ils devenaient de plus en plus forts. Comme si le château au-dessus d'eux était méthodiquement détruit.

— Quoi encore ? entendit-elle grommeler Craven avant qu'une immonde puanteur de troll sature l'air et qu'il la lâche brutalement.

Tombée par terre, elle suffoqua douloureusement alors que l'homme se tournait vers le démon mal dégrossi qui était bien trop corpulent pour le tunnel.

— Skragg ? Il se passe quoi là-haut, putain ?

Le troll se voûta, couvrant ses défenses de bave alors qu'il luttait pour parler.

— Dragon, parvint-il enfin à articuler.

Craven sursauta, une expression d'horreur absolue sur le visage.

— Bordel !

Le troll sembla aussi alarmé.

— F-feu, bégaya-t-il.

S'agenouillant vivement, Tayla sentit son cœur sauter de joie.

C'était Baine.

À présent qu'elle ne risquait plus de mourir par strangulation, elle distinguait sa présence. Pas comme un démon qui en percevrait un autre. Mais comme une femelle qui reconnaissait son compagnon.

Avec une grimace, Craven poussa le troll menaçant pour le contourner.

— Monte la garde. Je ne veux pas qu'ils restent seuls une seconde, ordonna-t-il. Pigé ?

Le troll produisit un borborygme, bloquant le tunnel de son corps massif alors que Craven disparaissait dans les ténèbres.

Toujours au sol, Tayla tenta d'éclaircir les pensées de son cerveau embrumé.

Ils devaient s'échapper. Non seulement parce qu'il était hors de question que Craven et les trolls se servent d'elle pour voler le trésor d'un dragon. Mais aussi parce qu'elle ignorait combien de temps encore résisterait le tunnel.

De plus gros morceaux de terre et de roche tombaient du plafond alors que le vacarme continuait.

Que faisait Baine là-haut ?

Lorsqu'elle aurait les idées plus claires, elle pourrait créer un portail, mais elle ne savait toujours pas où son père était enfermé. Alors comment retrouver Odel quand un troll très corpulent lui bloquait le passage ?

Elle entendit un grattement léger de griffes contre le sol de pierre lorsque Levet la rejoignit en boitillant.

— Je crois qu'ils ont mis ton dragon en colère, *ma belle**, murmura-t-il.

— Ce n'est pas mon dragon, protesta-t-elle instinctivement, alors même qu'une douce chaleur lui inondait le cœur.

— Essayez donc de lui dire ça, répliqua une voix traînante masculine.

Prise au dépourvu, Tayla releva les yeux et regarda, interdite, la tête de Skragg rouler au bas de son corps et rebondir dans le tunnel.

D'accord. Elle avait espéré que le troll souffrirait, mais punaise...

Passant les bras autour de Levet, elle s'écarta brusquement du visage répugnant qui était figé dans une expression de choc et remarqua à peine le cadavre de Skragg qu'on jetait de côté.

Toute son attention était rivée sur le dragon hybride aux cheveux argentés et aux yeux gris fumée.

— Char, souffla-t-elle, étonnée.

Levet fit claquer sa langue.

— Combien de dragons possèdes-tu, *ma belle** ?

Char s'approcha pour examiner le minuscule démon qui se collait contre elle.

— Voulez-vous que je tue cet empoté ? demanda-t-il.

Tayla secoua vivement la tête. Elle aurait pu penser qu'il plaisantait si elle ne venait pas juste de le voir décapiter un troll.

—Non.

Les ailes tremblantes d'indignation, Levet s'avança d'un pas.

—Empoté ? (Il se frappa le torse de son petit poing.) Je suis Levet, le plus grand…

—Pas maintenant, Levet, l'interrompit Tayla avec douceur.

Elle adorait la gargouille, mais celle-ci pouvait parler pendant des heures et des heures de ses exploits héroïques.

Char secoua la tête, comme s'il n'arrivait pas à croire qu'elle ne souhaite pas la mort de la gargouille, puis il lui tendit une main fine.

—Nous devons partir d'ici. Pouvez-vous former un portail ?

Avec lenteur, elle se releva et s'efforça de garder l'équilibre alors que les tremblements continuaient.

—Et Baine ? demanda-t-elle.

Char haussa les épaules, manifestant une indifférence surprenante pour le sort de son maître.

—Il va occuper ces salopards jusqu'à notre départ, dit-il, lui serrant toujours la main avec fermeté. Nous devons y aller.

—Nous ne pouvons pas le laisser, protesta-t-elle. Et s'il était blessé ?

Char ricana.

— C'est un grand garçon. Faites-moi confiance, il peut se débrouiller tout seul.

À contrecœur, elle hocha la tête. Peu de menaces représentaient un réel danger pour les dragons.

Néanmoins, elle ne pouvait se résigner à partir.

— Et mon père ?

Char l'observa avec une frustration de plus en plus intense.

— À moins que vous souhaitiez avoir le plaisir de le tuer vous-même, je suis sûr que les assassins se débarrasseront de lui dès qu'ils s'apercevront qu'il ne leur sert à rien.

— Non, protesta-t-elle. Je ne veux pas qu'il meure.

Abasourdi, Char la dévisagea.

— Pourquoi ?

— C'est précisément la question que je lui ai posée, grommela Levet.

— Ferme-la, gronda Char, le regard toujours rivé sur Tayla.

— Hé, protesta Levet.

Tayla poussa un petit soupir. Personne ne la comprendrait jamais.

— Je ne peux juste pas l'abandonner ici.

L'espace d'un instant tendu, Tayla craignit que le dragon ne l'emporte hors du tunnel contre son gré. Ce n'était pas comme si elle était assez forte pour lui résister s'il décidait de la jeter sur son épaule et de quitter le château.

Puis, percevant manifestement qu'elle le lui reprocherait s'il arrivait quoi que ce soit à Odel, il se retourna pour l'entraîner à travers les ténèbres.

— Baine va me tuer…

Chapitre 12

À longues enjambées, Craven traversa son château que détruisait méthodiquement le dragon qui volait dans le ciel. Quelque part dans son crâne épais, il savait qu'il devrait être terrifié. Personne n'affrontait un dragon et était encore là pour en témoigner. Mais la fureur bouillonnait en lui lorsqu'il sortit sur les remparts pour découvrir Reece qui observait le ciel, horrifié.

Les yeux de Craven lancèrent des éclairs cramoisis quand il suivit le regard de son lieutenant qui était rivé sur la créature massive. Il feula de rage. Chaque fois qu'il crachait du feu, le salopard transformait les fortifications extérieures du château en un tas de décombres.

— Merde, gronda-t-il en voyant son investissement de cinq millions de dollars partir en fumée. Faut-il qu'il détruise tout ce foutu château ? Ce repaire m'a coûté une fortune. (Il serra les poings.) Sans parler des sortilèges qui étaient censés le protéger. Je vais tuer cette maudite sorcière.

L'homme plus petit repoussa ses longs cheveux avec des doigts tremblants.

— Aucune sorcière au monde ne possède une magie assez puissante pour bloquer le feu de dragon, marmonna Reece. Tu n'aurais peut-être pas dû provoquer ce lézard volant.

— Moi ? Tu veux dire « nous » ? gronda Craven, frottant ses lourdes bottes contre les pierres sous ses pieds quand il vacilla sur le côté. Nous sommes ensemble sur ce coup-là.

Satané dragon et ses bouffées de feu. Le château tout entier était secoué comme par un tremblement de terre.

Haussant les épaules, Reece leva une main fine.

— Désolé, mais je suis sûr que tu connais le vieux dicton comme quoi « les voyous n'ont pas de morale » et toutes ces conneries. Surtout quand un dragon est impliqué.

Il esquissa un geste. Puis recommença à deux reprises. En vain. Il écarquilla les yeux.

— Oh… par l'enfer.

Craven afficha un sourire narquois.

— Un problème ?

— Je ne peux pas former de portail, souffla le fae bâtard, stupéfait.

Craven arqua un sourcil. Il avait spécifiquement demandé à la sorcière de jeter son sortilège de sorte que celui-ci reconnaisse la magie fae.

— Ne me regarde pas, dit-il. Je suis incapable de modifier le sort.

Reece lança un coup d'œil vers le ciel.

— Le dragon doit avoir déployé sa magie sur nous.

— Dommage.

Tournant les talons, Craven se dirigea vers la porte.

Il avait vaguement espéré monter sur les remparts et découvrir que les sortilèges qui enveloppaient sa propriété – et qu'il avait payés la peau des fesses – les protégeaient de l'attaque du dragon. Désormais, il était évident qu'il n'avait d'autre choix que de fuir.

Sans surprise, Reece lui emboîta le pas alors qu'il dévalait l'étroite volée de marches.

— Où vas-tu ? cria ce dernier, oubliant manifestement qu'il avait voulu se la jouer solo.

— Contrairement à toi, je me suis préparé à toute éventualité, l'informa Craven.

Le fae poussa un soupir tremblant, et l'odeur de sa peur satura l'air.

— Tu disposes d'un moyen de sortir d'ici ?

Craven grimaça alors qu'il continuait à descendre l'escalier en spirale. Il avait envie d'empoigner Reece par la gorge pour le jeter par l'une des meurtrières. Regarder le fae perfide être carbonisé pourrait apaiser une partie de sa frustration bouillonnante. Malheureusement, il ne pouvait nier que l'homme avait son utilité.

Lorsqu'ils auraient fui le château et ne seraient plus entravés par la magie étouffante du dragon, ils auraient besoin d'un moyen de quitter rapidement les montagnes. Quoi de mieux qu'un super portail bien pratique ?

Il pouvait se servir de la sidhe, bien sûr. Mais il ne pouvait pas être certain qu'elle ne le trahirait pas.

Non. Pour l'heure, il n'avait d'autre choix que de laisser Reece l'accompagner.

Réprimant un grondement sourd, il songea qu'il pourrait toujours tuer cet imbécile de fae une fois hors d'atteinte du dragon.

— Oui, je sais comment sortir d'ici, avoua-t-il, grimaçant quand une pluie de pierres lui tomba sur la tête. Mais d'abord je dois aller dans les cachots.

Reece sauta sur le côté, du sang lui dégoulinant du front.

— Pourquoi ?

— Pour récupérer la sidhe.

Reece s'essuya le visage.

— Une victime malheureuse.

— Foutaises, rugit Craven. J'ai attendu vingt-cinq ans pour mettre la main sur cette salope. Jamais de l'enfer je ne partirai sans elle.

— Au cas où tu ne l'aurais pas remarqué, nous sommes attaqués par un dragon furieux, lui rappela Reece d'un ton brusque.

Craven leva les yeux au ciel. Ouais, comme s'il pouvait oublier que le château s'écroulait autour de lui ? Ou l'odeur de métal fondu ? Ou les cris stridents des trolls qui mouraient en tentant de fuir le chaos ?

— Alors va-t'en, lui dit-il.

— Où est ta sortie de secours ?

Craven s'arrêta et ouvrit d'un coup sec la lourde porte en fer au bas de l'escalier. Puis, avec un sourire, il s'effaça et fit signe à Reece de passer devant lui.

— Suis-moi et je te montrerai.

— Merde.

Reece scruta le tunnel obscur menant aux cachots avant de jeter un coup d'œil par-dessus son épaule aux marches qui se fendaient sous l'impact des assauts du dragon.

— Je n'ai pas signé pour ça, se plaignit-il.

Craven ricana.

— Tu pensais que ce serait facile de voler un trésor hors de prix ?

Une expression chargée de reproche durcit les traits de Reece.

— Tu avais promis qu'on en aurait fini avant que quiconque s'aperçoive de notre méfait.

Craven haussa les épaules. Cela aurait dû se passer ainsi. Il ignorait toujours comment le dragon les avait trouvés. Ou pourquoi il détruisait le château.

À moins qu'il ait découvert la présence de la sidhe et tente de la tuer ?

— C'était le plan, marmonna-t-il.

— Et c'est quoi le plan maintenant ?

Craven poussa un grognement impatient.

— Chercher la sidhe et attendre que la chaleur retombe. Littéralement.

Reece éclata d'un rire sans joie.

— Tu crois que les dragons cesseront de te traquer s'ils savent que tu as un moyen de t'introduire dans leurs repaires ?

Alors ? Craven grommela un juron. Bien sûr que non. S'ils le soupçonnaient de comploter de voler leurs richesses, les dragons ne s'arrêteraient pas tant qu'il ne serait pas mort.

Il foudroya son lieutenant du regard.

— Que suggères-tu ?

— D'oublier la sidhe et de se tirer d'ici, s'empressa de répondre Reece.

— Et le trésor ?

— Tu seras en vie. (À dessein, Reece toucha l'entaille qui cicatrisait rapidement sur son front.) Parfois, c'est le plus grand de tous les biens.

D'accord, le fae marquait un point. Craven était peut-être cupide, mais il n'était pas suicidaire. Néanmoins, il répugnait à laisser la femme qui lui avait coûté tant de temps et d'argent.

— Je...

Craven s'interrompit, une peur soudaine lui nouant le ventre quand un épais silence emplit l'air.

— Écoute, cracha-t-il.

— Quoi ? (Reece fronça les sourcils.) Je n'entends rien.

— Justement, espèce de crétin. Où est le dragon ?

Craven saisit le pistolet fixé dans le bas de son dos. Non que l'arme lui serait d'une quelconque utilité. La technologie humaine ne servait à rien contre les démons les plus puissants.

Dans un crépitement d'énergie électrique, un portail s'ouvrit et un homme svelte aux cheveux noirs apparut au milieu de l'escalier. L'espace d'un fol instant, Craven essaya de se convaincre qu'il s'agissait d'un fae qui avait réussi à franchir les barrières. Puis il aperçut le feu qui flamboyait dans les yeux d'ambre de l'inconnu et sut qu'il était fichu.

— Tu me cherchais ? demanda le dragon d'une voix traînante, laissant son pouvoir gronder dans l'air.

— Oh… merde, souffla Craven, reculant précipitamment et manquant de trébucher sur Reece dans sa tentative de fuite.

Mais il était trop tard.

Beaucoup trop tard.

Avec lenteur, le dragon leva la main et chuchota une formule magique. Craven hurla quand une boule de feu le percuta, la chaleur le brûlant jusqu'aux os.

Tayla remonta en hâte les tunnels sombres, parfaitement consciente des deux mâles qui marchaient juste derrière elle.

Le dragon hybride et la gargouille naine n'auraient pas pu être plus différents, mais ils réussissaient à émettre des ondes de désapprobation agacée similaires. Était-ce un truc pour lequel les mâles s'exerçaient ?

Ils étaient très doués à ce jeu-là.

Refusant de se laisser distraire, Tayla tourna dans un tunnel bordé d'épaisses portes. Certaines en fer, d'autres en argent et une en pierre. À l'évidence, son ravisseur aimait être prêt à accueillir toute espèce de démons qu'il pourrait être d'humeur à attraper.

Suivant l'odeur de figue, elle s'arrêta devant la dernière porte.

Aussitôt, elle distingua le son de la voix désespérée de son père.

— Hé ! Vous m'entendez ? Je suis enfermé. (On martela le battant de l'autre côté.) Je sais qu'il y a quelqu'un. Aidez-moi et je vous paierai. (Odel baissa la voix, espérant à coup sûr rallier les gardes à sa cause.) J'ai de l'argent. Des joyaux. Tout ce que vous voudrez.

Char poussa un grognement méprisant.

— Il est très bruyant, se plaignit-il. Je pourrais lui arracher la langue.

— Non, répliqua Tayla, absolument certaine que le dragon ne plaisantait pas.

Levet la rejoignit en se dandinant.

— Es-tu sûre, *ma belle** ? Le dragon n'a pas tort.

Elle fit les gros yeux à la gargouille.

— Non.

Levet battit des ailes et coula un regard vers Char.

— J'ai essayé.

On martela encore la porte.

— Qui est là ? demanda Odel. Tayla ? Ma douce Tay-Tay, c'est toi ?

Tayla se raidit. Autrefois, le sobriquet affectueux que lui donnait son père lui aurait réchauffé le cœur. Peu importait qu'il soit constamment en cavale, qu'ils n'aient jamais d'argent ou qu'il l'oublie souvent pendant des jours d'affilée. Du moment qu'ils étaient ensemble, ils formaient une famille.

À présent, elle avait un vide désolé au milieu de la poitrine.

S'avançant, elle parla directement à travers la minuscule fente creusée dans la porte. Elle supposait que celle-ci permettait au garde de surveiller le prisonnier à son insu.

— Je suis là, père, lui assura-t-elle.

— Oh, dieux merci. Je savais que tu viendrais me chercher.

Odel sanglota bruyamment. Malgré son habitude d'enfreindre la loi et de jouer de l'argent qu'il ne possédait pas, son père avait une réelle terreur des espaces confinés. Peut-être parce qu'on menaçait souvent de l'enfermer dans une pièce et d'en jeter la clé.

Tayla grimaça et lança un coup d'œil au dragon qui se tenait au milieu du tunnel, scrutant les ténèbres de ses yeux de la couleur de l'orage à la recherche du moindre signe de danger.

— Pouvez-vous ouvrir la porte ? demanda-t-elle.

Char se retourna pour l'observer, les sourcils froncés comme s'il voulait refuser. Puis, apercevant la détermination farouche gravée sur le visage de la sidhe, il leva les mains d'un air résigné.

— Oui, je peux ouvrir cette maudite porte, gronda-t-il.

Avec douceur, il l'attira sur le côté, avant de crier à Odel.

— Recule, imbécile.

Levant la jambe, il donna un énorme coup de pied qui arracha la porte de ses gonds, l'envoyant valser à travers les airs et percuter le mur du fond. Il coula un regard à une Tayla aux yeux écarquillés.

— Voilà. Elle est ouverte.

— Merci, glapit-elle.

Se précipitant dans la cellule, elle frémit à la vue de la porte qui n'était plus qu'un tas de fer tordu.

Waouh. Elle y réfléchirait à deux fois avant de redemander son aide à Char.

Odel s'élança vers elle et lui saisit les doigts en une étreinte étroite. Même s'il n'avait pas été blessé durant l'assaut, il ne payait vraiment pas de mine. Il avait les cheveux emmêlés comme s'il ne les avait pas brossés depuis des jours et les yeux injectés de sang à cause de semaines à consommer de l'alcool humain. Pire, il avait l'odeur de quelqu'un qui avait oublié la dernière fois où il avait pris la peine de se laver.

— Oh, ma chère fille, tu n'imagines pas à quel point je suis heureux de te voir, baratina-t-il, la serrant à lui faire mal.

Elle esquissa un sourire triste.

— Vraiment ?

Il fronça les sourcils, percevant son incrédulité méfiante.

— Bien sûr.

Libérant ses mains, elle s'efforça de ne pas remarquer à quel point il semblait pitoyable dans ses vêtements froissés et avec des traces sales sur la joue.

Odel était un expert quand il s'agissait de faire appel à sa compassion, mais cette fois elle n'était pas d'humeur à pardonner. Il l'avait blessée trop profondément.

— Parce que je peux t'être utile, c'est ça ? demanda-t-elle. C'est le seul moment où tu te rappelles mon existence.

Il porta la main à sa poitrine, comme si c'était lui qui souffrait.

— Comment peux-tu dire ça, Tayla ?

— Comment ? (Les bras croisés, elle foudroya du regard l'homme qui aurait dû consacrer sa vie à la protéger.) Tu m'as vendue.

Au moins il eut l'élégance de tressaillir à sa violente accusation.

— Non, souffla-t-il. Ça ne s'est pas du tout passé ainsi.

Elle serra les dents au souvenir de la nuit où elle avait été attaquée par les trolls. Son père l'avait laissée délibérément seule dans la boutique, l'offrant comme une victime expiatoire.

— Alors tu ne t'es pas servi de moi pour payer tes dettes ?

— Je…

Dans un gémissement sourd, Odel tomba à genoux, la tête baissée alors qu'il se couvrait le visage des mains.

— Je suis désolé, marmonna-t-il, la voix étouffée. Je ne pouvais rien faire d'autre. Ils allaient me tuer.

Concentrée sur son père, Tayla manqua de sauter au plafond lorsque Char lui effleura l'épaule avec douceur.

— Nous n'avons plus le temps.

Le dragon avait raison. Ils se trouvaient dans les cachots d'un… eh bien, si elle ignorait la nature exacte de Craven, elle savait en revanche qu'il était malfaisant. Baine risquait sa vie pour leur permettre de s'échapper. Plus elle s'attarderait, plus il courrait de dangers.

Mais alors même qu'elle s'exhortait à tourner les talons et à sortir de la cellule, elle adressa à Char un regard implorant.

— J'ai besoin de comprendre pourquoi, dit-elle d'une voix rauque.

Le dragon esquissa un hochement de tête tendu.

—Cinq minutes.

Tayla reporta son attention sur le sidhe qui s'était redressé pour la dévisager avec méfiance.

—Je savais que tu étais un cas désespéré et complètement égocentrique, mais je croyais que tu m'aimais, l'accusa-t-elle.

—C'est vrai. (Il sembla choqué qu'elle doute de son attachement.) Je t'aime de tout mon cœur, Tayla.

—Mais tu préfères les jeux d'argent.

Il commença à secouer la tête, avant de pousser un soupir résigné. Ils avaient tous deux conscience qu'elle n'était plus qu'un souvenir quand il était en proie à ses démons.

—Je n'ai pas toujours été cet homme faible et misérable, Tayla, dit-il dans un souffle.

Les bras croisés, Char roula des yeux.

—Et voilà maintenant de quoi faire pleurer dans les chaumières.

—Bien vrai, commenta Levet, levant la main comme s'il pensait que le dragon la lui toperait.

Lorsque Char se contenta de le foudroyer du regard, Levet lui tira la langue.

—C'est impoli de laisser une gargouille en plan.

—C'est la vérité, insista Odel, sans prêter attention aux deux mâles qui l'observaient avec un mépris flagrant. J'ai un jour été jeune et beau, et si talentueux que toute ma tribu m'enviait.

Il bomba le torse alors qu'il se remémorait sa gloire passée.

— Il n'existait pas un homme capable de préparer un nectar plus enivrant. Ou d'attirer plus de femmes dans son lit.

Tayla leva la main.

— Je ne veux pas en entendre plus.

— Je dis juste que j'étais destiné à réussir, peu importait ce que je décidais d'entreprendre. C'est pourquoi personne n'a été surpris quand ta mère m'a choisi comme compagnon.

— Pourquoi aurait-on été surpris ? demanda-t-elle.

Même si les faes concluaient souvent des unions arrangées, il n'était pas rare qu'un homme et une femme s'unissent par amour.

— Parce que c'était une Chatri, expliqua-t-il. Elle aurait pu avoir n'importe quel homme.

Tayla en resta bouche bée. Odel ne parlait guère de sa mère. Et puisqu'il lui était manifestement douloureux d'évoquer la femme qu'il avait aimée et perdue, Tayla n'avait pas insisté pour obtenir des informations.

À présent, elle avait l'impression d'avoir été aveugle.

— Une Chatri ? répéta-t-elle, s'efforçant de s'habituer à cette idée. Ma mère appartenait à la famille royale ?

— Oui. (N'ayant apparemment pas conscience d'avoir lâché une bombe, Odel hocha rapidement la tête.) Quelques-uns sont restés quand le roi est rentré avec son peuple dans leur patrie fae. Arrita a préféré la liberté de ce monde plutôt que d'être enfermée au paradis.

— Voilà qui explique tout, murmura Levet.

Tayla jeta un coup d'œil perplexe à la gargouille.

— Qui explique quoi ?

— Ton aptitude à créer des portails dans le repaire d'un dragon, dit Levet. Quelques-uns des Chatri les plus puissants peuvent ouvrir des portails n'importe où. Et même en former plusieurs à la fois.

Soudain, Odel bondit sur ses pieds.

— Tu as hérité du don de ta mère ? s'enquit-il, tout excité : il ne lui avait jamais accordé suffisamment d'attention pour s'en apercevoir lui-même. Tu peux vraiment entrer dans un… *argh* !

Les mots moururent sur ses lèvres quand Char l'attrapa par la gorge et le souleva à dix centimètres au-dessus du sol. Odel avait les yeux exorbités et son visage était devenu d'une étrange nuance grisâtre.

— Merde, Tayla, souffla-t-il. Rappelle ton copain.

Elle croisa le regard orageux de Char avant de secouer la tête avec lenteur.

— Non, refusa-t-elle d'un ton ferme.

Odel poussa un grognement étranglé.

— Comment ça, non ?

— Tu crois que je suis stupide ? demanda-t-elle. Tu es déjà en train de mijoter comment tirer profit de mon don. (Elle vit la culpabilité lui assombrir les yeux.) Je te préviens dès à présent, je ne le ferai pas. Pour aucune raison.

Lorsque Char ricana, une volute de fumée s'éleva de ses narines dilatées.

— Ne vous inquiétez pas, chérie, dit-il d'une voix traînante, se penchant pour plonger le regard dans celui d'Odel. Baine tuera cette créature avant qu'elle ait une chance de vous mettre en danger.

Les accents de sa voix masculine monocorde les avertirent tous qu'il n'exagérait pas. Pour Tayla, Baine n'hésiterait pas à éliminer Odel.

Le visage de celui-ci pâlit encore, jusqu'à devenir livide.

— C'est faux, s'étrangla-t-il. Je le jure.

Tayla effleura le bras de Char.

— Lâchez-le.

L'homme lui adressa un regard noir.

— Vous êtes une sacrée rabat-joie, grommela-t-il, manifestement déçu de ne pas pouvoir torturer Odel. Très bien.

Tayla attendit qu'il repose son père au sol avant de se placer entre eux. Elle en avait suffisamment appris sur les dragons pour savoir qu'ils étaient soupe au lait et brûlaient d'embraser leurs ennemis.

Elle ignorait si Char possédait du feu de dragon, mais il lui parut sage d'éviter tout « accident » regrettable.

— Tu me parlais de ma mère, rappela-t-elle à Odel.

Le sidhe tituba en tentant de conserver l'équilibre. Les dents serrées de colère, il garda son attention rivée sur Tayla. Il était assez intelligent pour ne pas provoquer le dragon hybride. Char saisirait le moindre prétexte pour lui arracher la langue.

— Elle était superbe, comme toi. Et si douce. Comme une fleur délicate. (Un sourire d'une douloureuse tristesse se dessina sur ses lèvres.) Tout ce que j'ai jamais voulu, c'était l'avoir près de moi et la protéger.

Tayla sentit son cœur se serrer. Peu importait qu'elle ne se souvienne pas de la femme qui lui avait donné naissance. Elle pleurait toujours sa disparition.

— Mais les vampires l'ont tuée, murmura-t-elle.

— Oui. (Leurs regards se croisèrent, et père et fille partagèrent leur peine en silence.) Savoir que je l'ai abandonnée constitue un cancer qui me ronge l'âme, poursuivit Odel d'un ton amer. Je recherche sans cesse un moyen d'atténuer cette atroce souffrance.

Déconcertée, Tayla le dévisagea. Elle n'avait jamais songé qu'il puisse éprouver de la culpabilité pour la mort de sa mère.

— Ce n'était pas ta faute, murmura-t-elle. Tout le monde ignorait que les vampires rôdaient dans le coin et traquaient les faes.

Arrita n'était pas la seule sidhe à avoir été massacrée pendant l'attaque sanglante des sangsues à travers la Nouvelle-Angleterre.

Odel rentra la tête dans les épaules.

— Peu importe, marmonna-t-il. Sans ta mère, je suis un homme brisé.

Un mélange de compassion et d'irritation face à la tendance de son père à s'apitoyer sur son propre sort envahit Tayla, mais alors même qu'elle ouvrait la bouche pour lui conseiller de se ressaisir, elle sentit le sol trembler sous ses pieds.

Les sourcils froncés, elle prit brusquement conscience que c'était le premier mini-séisme qu'elle avait ressenti depuis plusieurs minutes. Pourquoi ce répit ? Baine avait-il été blessé ?

Presque comme s'il partageait son inquiétude, Char ferma les yeux, l'expression distraite. Tayla retint son souffle. Elle avait entendu dire que les dragons pouvaient communiquer par télépathie. Plusieurs secondes s'écoulèrent puis, soudain, il l'empoigna par le bras.

— Nous devons y aller, annonça-t-il d'un ton inflexible.

Elle sentit son cœur se serrer de peur.

— Il va bien ?

— Ouais. (L'homme grimaça.) Mais il va péter un câble à attendre de vous savoir en sécurité. Si nous ne partons pas d'ici, il viendra vous chercher lui-même.

Une chaleur ridicule lui inonda l'âme. Ce magnifique dragon s'inquiétait pour elle.

— Je suis prête. (Elle esquissa un geste pour créer un portail, avant d'hésiter.) Où devrions-nous aller ?

Char lui adressa un regard déconcerté.

— À la maison, bien sûr.

— Vous voulez dire, le repaire de Baine ?

Char lui effleura la joue du bout des doigts.

— C'est ce que j'ai dit… à la maison.

Fendant l'air de la main, Tayla conduisit son étrange bande dans la salle du trône de Baine. Elle songea que son sentiment de paix n'était que du soulagement qu'ils aient tous réussi à survivre.

Mais alors même qu'elle parcourait des yeux la pièce élégante, les mots de Char résonnèrent dans son esprit.

« À la maison… »

Chapitre 13

Baine n'avait pas tué son ami. Après tout, Char était un dragon de valeur.

Mais il s'en était fallu de peu.

Il avait en fait été de bonne humeur lorsqu'il était rentré dans son repaire. Dès que Char l'avait informé que Tayla était en sécurité, Baine avait pu déverser la frustration qui couvait en lui sur les malheureux assassins et leur bande de trolls.

Il avait fait trembler le sol, craché du feu et causé le chaos au sein de la population locale.

Trois de ses activités préférées.

À son départ, le château n'était plus qu'une ruine fumante et les salopards qui avaient traqué Tayla étaient morts. Ou du moins, il le supposait.

Si certains s'étaient échappés, ils savaient désormais que Baine éliminerait quiconque s'attaquerait à sa compagne.

Mais à peine avait-il repris sa forme humaine que son loyal serviteur était entré dans la bibliothèque de ses appartements privés pour l'informer n'avoir eu d'autre choix que de sauver le père de Tayla.

Plongeant les doigts dans ses cheveux noirs, Baine foudroya du regard Char qui souriait d'un air narquois. Ce dernier trouvait manifestement amusante l'idée que Baine soit coincé avec ce bon à rien de sidhe dans les pattes.

Baine eut des envies de meurtre.

— Qu'est-ce que je suis censé faire de lui ? rugit-il.

— Je l'ignore. (Char leva les mains avec une expression d'innocence excessive qui tapa sur les nerfs de Baine.) C'est ton beau-père, pas le mien.

— Si tu l'avais laissé avec les trolls…

— Ce n'était pas à moi d'en décider, l'interrompit Char. Ta femme a refusé de partir sans lui.

— Merde, souffla Baine.

Il ne pouvait pas blâmer son serviteur. Pour une si petite démone, Tayla avait le don de pousser les hommes à s'empresser d'obéir à ses ordres. Cependant, cela n'apaisa en rien sa frustration.

C'était déjà assez pénible d'accueillir dans son repaire ce morceau de ciment qu'elle appelait une gargouille. À présent il devait supporter un sidhe ivre qui jouerait à coup sûr tout son trésor s'il n'était pas surveillé en permanence.

— Tu pourrais toujours organiser un accident, suggéra Char, pinçant les lèvres au parfum de citron qui flotta jusqu'à lui juste avant que Tayla entre dans la pièce.

Vêtue d'un doux pull en cachemire et d'un pantalon gris, elle aurait dû avoir l'air guindé et pudibond. Le genre de femme qui serait horrifiée par les besoins sexuels d'un dragon.

Mais le pull pêche soulignait le renflement voluptueux de sa poitrine et le pantalon moulait l'arrondi de ses fesses.

— Quelle sorte d'accident ? demanda-t-elle en s'avançant sans se presser, ses yeux vert pâle méfiants.

Baine adressa un signe de main à Char, sans jamais quitter Tayla du regard tandis qu'il estimait en lui-même le temps qu'il lui faudrait pour lui ôter ses vêtements trop convenables et l'étendre nue sur son lit.

Primitif, mais hé, il était un dragon.

— Laisse-nous, gronda-t-il.

— À tes ordres, Monsieur.

Char exécuta une profonde révérence narquoise avant de se retourner pour traverser la pièce. Il s'arrêta près de Tayla pour lui chuchoter bruyamment à l'oreille.

— Faites-lui vivre un enfer, chérie.

Baine secoua la tête alors que son serviteur sortait enfin sans se presser et refermait la porte derrière lui.

— Il a besoin d'une compagne, marmonna-t-il.

Debout à côté de l'une des bibliothèques, Tayla s'efforça de feindre de ne pas avoir été surprise par ses mots.

— Je pensais que les dragons s'unissaient rarement ?

Baine s'avança vers elle. Fini de jouer. Il avait l'intention de la revendiquer comme sienne, une bonne fois pour toutes.

— Ce n'est pas aussi fréquent qu'au sein de certaines espèces, mais ce n'est pas exactement rare. (Il s'immobilisa juste devant elle.) Tayla…

— Je suppose que tu es fâché que je sois partie ? s'empressa-t-elle de l'interrompre, les joues empourprées.

Baine plissa les yeux.

— Je suis fâché que tu te sois mise en danger, rectifia-t-il.

Elle se mordit la lèvre inférieure.

— Je ne pouvais pas rester les bras croisés alors que Levet et mon père avaient des ennuis.

Baine frémit à la pensée de ce qui aurait pu arriver s'il ne l'avait pas sentie quitter son repaire. Les assassins l'auraient donnée à manger aux trolls…

Au prix d'un effort, il refoula ses peurs les plus sombres. L'idée même de perdre cette femme lui était insupportable.

— Nous nous occuperons de ces deux imbéciles plus tard, grommela-t-il.

— Mais…

Ses mots se muèrent en un petit cri quand il se pencha pour la soulever du sol.

— Plus tard, insista-t-il en la serrant délicatement contre son torse alors qu'il franchissait une porte qui était soigneusement cachée derrière un voile d'illusion.

Aussitôt ils se retrouvèrent dans une immense pièce digne d'un sultan.

Un vaste lit rond trônait au centre du sol de mosaïque, drapé d'une literie noir et or. Dans un coin, un bain profond était plus grand que la plupart des piscines et dans un autre une montagne de coussins lui permettait de se détendre et de lire sans craindre d'être dérangé.

— Où m'emmènes-tu ? souffla Tayla.

— Là où j'aurais dû te conduire à la seconde où je t'ai vue dans le repaire de mon père, dit-il, la reposant doucement par terre.

Elle regarda autour d'elle et attarda les yeux sur le lit avant de s'approcher des tapisseries inestimables suspendues aux murs.

— Seigneur.

Ayant besoin de la toucher, il passa la main sur ses mèches dorées. Il s'était libéré d'une partie de sa fureur pendant la destruction du château des assassins, mais il n'avait pas encore totalement digéré sa terreur de la perdre.

Un truc qui prendrait du temps.

— Tu es la première personne à entrer dans ma chambre à coucher, lui confia-t-il.

Elle le dévisagea, comme surprise par son aveu.

— Pourquoi moi ?

Il glissa les doigts sous ses cheveux pour découvrir la peau tendre de sa nuque.

— Tu sais pourquoi.

Il entendit son cœur commencer à s'emballer et vit une rougeur lui colorer les joues.

— Tu as dit que ma place était dans ton trésor, marmonna-t-elle.

Baine grimaça de regret. Être un dragon tout-puissant ne l'empêchait pas de se comporter parfois comme un imbécile.

— Parce que tu m'as mis hors de moi, reconnut-il.

Elle frissonna alors qu'il effleurait l'encolure de son pull.

— Je ne l'ai pas fait exprès.

Il se pencha pour plonger les yeux dans le regard qu'elle détournait.

— Si. Tu étais effrayée par l'intensité de ta réaction. Alors tu as paniqué et tenté d'ériger des barrières entre nous.

Elle baissa les paupières, comme si elle pouvait feindre qu'il n'avait pas précisément deviné la raison pour laquelle elle avait eu tellement hâte de le rejeter.

— Arrogant, marmonna-t-elle.

— En effet, convint-il aussitôt. Et c'est ce qui explique que je me suis laissé pousser à mettre de la distance entre nous.

Il se rapprocha assez pour sentir le doux cachemire frotter contre son torse nu.

— Ça n'arrivera plus jamais. (Il appuya le pouce contre le pouls qui tambourinait à la base de sa gorge.) Et encore moins maintenant que je suis au courant pour ton petit tour de passe-passe.

Elle s'humecta les lèvres et ses pupilles se dilatèrent. Mais ce n'était pas de la peur. Non. Il humait le parfum grisant de son émoi qui commençait à flotter dans l'air.

— Je promets de ne plus m'échapper, dit-elle, la voix rauque. Pas tant que tu ne m'auras pas libérée de ma dette.

Les sourcils froncés, il introduisit les doigts sous son pull pour sortir la délicate chaîne en or qu'il avait placée à son cou une éternité, lui semblait-il, auparavant.

— Il n'y a plus de dette.

D'une petite explosion de pouvoir, il détruisit la marque de dragon.

Elle baissa les yeux, stupéfaite, et tendit la main comme si le fin collier lui manquait.

— Que dis-tu ?

— Je te décharge de toute obligation, répéta-t-il. Tu es libre.

Elle n'aurait plus aucune excuse derrière laquelle se cacher quand il la tiendrait dans ses bras.

Avec lenteur, elle leva la tête vers lui pour croiser son regard songeur.

— Je peux partir ?

Il serra les dents. Tous ses instincts protestaient à l'idée de lui laisser le choix. Il était un dragon, bon sang. Il amassait ses trésors avec une jalousie farouche empreinte de possessivité.

Mais Tayla n'était pas qu'une précieuse babiole.

Elle était sa compagne.

Et elle devait décider elle-même de prendre sa place à ses côtés.

— Si c'est ce que tu désires. Mais j'espère de tout mon cœur que tu voudras rester.

Il s'obligea à prononcer ces mots malgré ses lèvres rigides, lui passant inconsciemment la main dans le dos alors qu'il l'enveloppait de sa chaleur.

D'instinct, elle se cambra vers lui, une lueur vulnérable miroitant dans ses beaux yeux.

— Pour combien de temps ?

Il répondit sans hésiter.

— Pour toujours.

— Pour toujours ? souffla-t-elle, levant les mains pour les poser sur son large torse. Ça fait très longtemps.

Sous ses doigts, elle percevait la chaleur de sa bête. Son sourire s'élargit. Était-il possible qu'elle ait vraiment volé le cœur de cette magnifique créature ?

— C'est loin de l'être assez, quand j'ai attendu cinq siècles pour te découvrir enfin, murmura-t-il. Et tout ça pour que tu disparaisses aussi sec pour encore vingt-cinq ans.

Elle pinça les lèvres à son ton morose. Il était vraiment perturbé par le fait qu'elle avait réussi à demeurer cachée pendant tout ce temps.

— Et ton harem ? demanda-t-elle en passant les doigts sur ses abdos d'acier.

Elle adhérait complètement à sa préférence pour rester torse nu.

Aucune barrière ne se dressait entre eux. Rien ne l'empêchait d'explorer sa peau chaude et soyeuse ni les tatouages fascinants qui lui tournoyaient sur le corps.

Avec un grognement d'approbation guttural, il saisit le bord de son pull et le lui ôta avec douceur.

— Oui ? répondit-il d'un ton absent, serrant les dents, les narines dilatées, quand il posa les yeux sur ses seins nus.

— Je veux que tu le fermes.

Il baissa la tête jusqu'à ce qu'elle sente son souffle sur sa tempe.

— En es-tu certaine ?

De minuscules étincelles coulèrent dans les veines de Tayla quand elle se servit de ses ongles pour lui gratter légèrement le bas du dos.

— Comptes-tu avoir d'autres femmes ? demanda-t-elle.

Il rit doucement et tressaillit quand elle suivit du doigt la ceinture de son pantalon.

— Bien sûr que non, mais ça pourrait être sympa de jouer au maître et à l'esclave, suggéra-t-il d'une voix rauque.

— Je suppose que tu serais le maître ? ironisa-t-elle.

— Eh bien, c'est mon idée, dit-il, un râle lui échappant quand elle tira sur le cordon de son pantalon, qui lui tomba au bas des jambes.

Aussitôt elle enroula les doigts autour de son membre.

Même si elle avait déjà eu plus d'une fois l'occasion de voir Baine de façon très intime et rapprochée, la taille de son érection lui procura encore des frissons.

Ainsi que sa chaleur sous ses doigts.

Fascinée, elle en frôla le gland avant de redescendre jusqu'aux bourses soyeuses en dessous.

— Mmm, murmura-t-elle. Je préférerais t'avoir agenouillé à mes pieds.

— Nom de Dieu, grogna Baine, lui empoignant la main pour l'encourager à le caresser de bas en haut. Avec ce genre d'incitation, je te promets de me prosterner devant toi aussi souvent que tu le voudras.

— Promesses, promesses…

Ses paroles railleuses se muèrent en un doux gémissement quand il baissa la tête pour s'emparer de ses lèvres en un baiser farouche et exigeant.

Transpercée par un désir torride, elle leva les bras pour les passer autour de son cou. Immédiatement, un parfum de musc satura l'air.

Miam.

Elle frissonna quand il suivit des mains le creux de son dos, puis leur fit épouser ses fesses avec possessivité. Le pouvoir à l'état brut de Baine lui envahit l'esprit jusqu'à ce qu'il ne reste plus que lui. La saveur de son baiser, la chaleur incandescente de ses caresses.

Avec douceur, il glissa la langue à l'intérieur de sa bouche. Avec enthousiasme Tayla s'ouvrit à lui. En même temps, Baine poussa un grondement guttural et remonta les mains le long de son corps pour enfin les poser sur la rondeur douloureuse de ses seins.

Tayla trembla. *Oh… oui.* Elle ferma les yeux avec force, savourant la sensation de ses doigts qui lui titillaient les tétons jusqu'à ce qu'ils deviennent des pointes tendres. Le plaisir la transperça comme des éclairs.

Elle se colla contre son corps ferme, avide de plus.

— Baine.

Il lui couvrit la joue de baisers pendant qu'il continuait à exciter ses tétons tendus.

— J'ai été seul si longtemps, Tayla, murmura-t-il. Je n'ai jamais osé espérer avoir un jour une compagne.

À ces paroles empreintes de gravité, elle sentit un frisson d'envie lui descendre le long du dos.

Mieux que quiconque elle comprenait la solitude.

Et le désir nostalgique d'une famille qu'elle gardait enfoui dans un endroit secret de son cœur.

— Ta compagne, chuchota-t-elle.

— Mienne. (Il s'écarta pour l'observer d'un regard de braise.) Oui… enfin mienne.

Elle eut le souffle coupé quand il se baissa pour la soulever du sol et traversa les ténèbres de la vaste chambre. Tayla ne s'était jamais sentie aussi protégée que dans ses bras forts, et elle tourna la tête pour embrasser la peau nue de son torse.

Voilà ce que cela signifiait de partager la vie d'un autre, songea-t-elle vaguement.

Alors qu'elle s'agrippait à ses épaules, Baine la déposa doucement sur les oreillers du grand lit. Les yeux mi-clos, elle le regarda se baisser vivement pour lui arracher ses chaussures puis la débarrasser de ses derniers vêtements. Elle ne vit aucune trace de sa grâce habituelle, mais son impatience manifeste ne fit qu'intensifier l'ivresse qui grondait en elle.

Il était si… séduisant.

Un magnifique mélange de muscles durs et de pouvoir à l'état brut qui ferait frissonner n'importe quelle femme de plaisir anticipé.

Pensant que Baine la rejoindrait sur le matelas, Tayla fut prise au dépourvu quand il s'accroupit près du lit, avec un sourire coquin.

— Tu as dit que tu voulais me voir à genoux.

Son cœur manqua un battement. *Oh ouais.* Avoir ce mâle splendide comme esclave sexuel constituait un fantasme qu'elle savourerait pendant plusieurs siècles.

Peut-être même quelques millénaires.

— Comptes-tu te montrer toujours aussi conciliant ? railla-t-elle.

Il se pencha pour s'immobiliser juste au-dessus de sa bouche.

— Probablement pas. En général, je suis un imbécile aux idées très arrêtées.

Elle leva les yeux au ciel.

— Je ne dirai rien.

— Je n'en pensais pas moins.

Alors qu'il effleurait ses lèvres entrouvertes, Baine s'écarta pour regarder les doigts qu'il faisait descendre sur la courbe de son épaule et courir sous sa poitrine. Un feu ambré couva dans ses yeux lorsque Tayla trembla.

— Tu es si belle, chuchota-t-il. Parfaite.

Tayla haleta quand du bout du doigt il tourna autour de ses tétons tendus, comme pour la tourmenter.

— Baine.

Avec un grognement rauque, celui-ci baissa la tête pour prendre la pointe d'un sein dans sa bouche. Tayla cria de plaisir, s'arc-boutant vers lui. De la langue, il ne cessa jamais d'en titiller l'extrémité durcie, utilisant ses talents érotiques pour la conduire au bord de la folie.

Tayla serra les dents, et son cerveau arrêta de fonctionner alors qu'une chaleur torride lui coulait dans les veines.

Non que ce soit important.

Qui souhaitait réfléchir quand on pouvait sentir ?

Tout en la léchant avec une insistance grandissante, Baine fit glisser ses doigts sur les muscles frissonnants de son ventre. Avec un soin exquis, il explora chaque centimètre carré de sa peau satinée, tournant autour de son nombril avant de s'aventurer sur ses cuisses.

Tayla se mordit la lèvre inférieure. Il la torturait à dessein. Appréciait manifestement la vision qu'elle offrait, à se tortiller sous ses doigts. Mais toute parole de protestation resta coincée dans sa gorge. Son corps tout entier avait beau être contracté tant elle brûlait de jouir, elle souhaitait tout autant que Baine prolonger le moment.

C'était son compagnon. Son âme sœur.

Comme s'il était capable de lire dans ses pensées, Baine passa les lèvres sur la courbe de sa poitrine avant de suivre la ligne de sa clavicule. Puis, chuchotant une formule secrète, il provoqua une explosion de magie.

Tayla sentit une chaleur dorée lui courir sur la peau. Ouvrant les yeux, elle s'aperçut que la marque de dragon se trouvait de nouveau à son cou. Sauf que cette fois ce n'était pas une chaîne en or, mais un collier d'ambre éclatant qui brillait avec le même éclat que les yeux de Baine.

— Qu'est-ce que c'est ? souffla-t-elle, émerveillée.

— Un sacrement de l'union. (Il effleura les pierres précieuses des lèvres.) Ma promesse que tu représentes un présent que je chérirai toujours.

La joie irradia à travers le corps de Tayla.

Son compagnon.

Enroulant les doigts dans la chevelure de Baine, Tayla l'invita à se redresser pour pouvoir l'embrasser avec tout l'amour qui lui inondait le cœur.

Lui rendant son baiser, il fit courir des doigts aussi légers qu'une aile de papillon sur son sexe.

Tayla sursauta de plaisir.

— J'ai besoin de toi maintenant, Baine, souffla-t-elle.

Il releva la tête et soutint son regard. Dans l'obscurité, il avait un visage à la beauté irréelle, l'expression tendue par un désir ardent.

Avec lenteur, il grimpa sur le lit et la chevaucha. Puis il lui écarta les jambes pour s'installer entre ses cuisses. La sensation de sa peau chaude envoya une vague d'ivresse en elle.

Tout semblait absolument parfait, alors qu'il avançait les hanches encore plus, son torse frottant contre ses tétons douloureux. Comme s'il la complétait.

Passant les mains dans son dos, Tayla savoura les muscles durs qu'il contracta sous ses doigts. C'était un redoutable prédateur qui pouvait régner sur le monde.

Pourtant, il la traitait comme son trésor le plus précieux.

Elle sourit alors qu'elle tremblait sous lui. Voilà pourquoi les caresses de Baine ravivaient le feu qui couvait en elle. Pourquoi elle brûlait de sentir ses baisers.

Ce n'était pas juste sa virilité à l'état brut. Ou ses doigts habiles. Mais le fait de savoir tout au fond de son cœur que sa loyauté pour elle était absolue.

Il ne l'abandonnerait jamais, ne la trahirait jamais et ne cesserait jamais, au grand jamais, de tenir à elle.

Que des trucs grisants pour une femme qu'on n'avait jamais vraiment aimée.

Lorsqu'elle lui empoigna les fesses avec un désir impétueux, Tayla le sentit tressaillir.

De son regard mi-clos, il lui balaya le visage avant de se pencher pour lui effleurer le front du bout des lèvres.

— Dis-moi que tu souhaites cette union, Tayla, implora-t-il. Dis-moi que tu veux m'appartenir pour toujours.

Elle lui encadra le visage des mains.

— Pour toujours, mon amour.

— Mon amour, répéta-t-il.

À la tendresse douloureuse qui imprégnait sa voix, Tayla eut presque les larmes aux yeux.

Le corps secoué d'un tremblement, il frôla des lèvres son visage empourpré.

— Mon cœur bat pour toi, murmura-t-il en une douce promesse. Aucun de nous ne peut plus revenir en arrière.

Le souffle de Baine lui brûla la peau alors qu'il inclinait le bassin pour la pénétrer.

Elle gémit de plaisir quand son membre s'enfonça implacablement en elle, la dilatant presque à lui faire mal.

Délicieux.

Grommelant tout bas, Baine se retira avant un nouvel assaut, la comblant d'un unique coup de reins plein d'aisance.

— Oui, grogna-t-elle, enroulant les jambes autour de ses hanches.

Enfoui tout au fond d'elle, Baine fit courir sa bouche sur sa peau avant de l'embrasser enfin avec un appétit dévorant.

En même temps, il commença à onduler doucement contre elle. À chacun de ses va-et-vient, il glissait la langue dans sa bouche, créant un rythme qui intensifia la furieuse volupté qui se répandit dans le corps de Tayla.

Elle serra les poings alors qu'un sanglot restait coincé dans sa gorge. L'accueillir entièrement en elle constituait une intimité absolue qui était renforcée par les flammes blanches qui dansaient sur leurs corps. Le feu de dragon les enlaçait, manifestation physique de leur union.

La respiration rauque de Baine résonna dans le silence de la chambre plongée dans l'obscurité alors qu'il accélérait la cadence.

— Ne me quitte jamais plus, murmura-t-il contre ses lèvres. J'ai besoin de te savoir ici près de moi.

Bon Dieu, c'était trop. Elle avait l'impression d'être sur le point d'exploser en un million de morceaux minuscules.

Elle lui griffa le bas du dos, son plaisir presque insupportable.

— Toujours..., gémit-elle.

— Ma belle sidhe, chuchota-t-il, baissant la tête pour prendre son sein dans sa bouche.

Du bout des dents et de la langue, il titilla son téton contracté, provoquant une explosion de sensations qui s'éleva en spirale jusqu'à un seuil critique.

Elle eut le souffle coupé quand, dans un ultime assaut, il la propulsa dans un tourbillon de volupté palpitante.

Le petit cri de Tayla se fondit dans son râle de jouissance alors qu'il s'affalait sur elle, tous deux perdus dans une brume de joie transcendantale.

Le temps passa, une seconde ou une éternité, avant que Baine roule sur le côté et l'attire dans ses bras. Avec un soupir, Tayla reposa la tête sur son torse, flottant dans un sentiment d'émerveillement.

— Ma compagne, chuchota-t-il en lui couvrant l'oreille de baisers.

Tayla sourit et, sans se soucier des flammes qui continuaient à danser sur la peau de Baine, lui effleura le torse des lèvres.

— J'aime quand vous jouez les esclaves sexuels, Monsieur, railla-t-elle. Je crois que nous garderons le harem.

Il resserra son étreinte autour d'elle tandis qu'il créait un chemin de baisers de dragon le long de son cou.

— Tes désirs sont des ordres, ma douce Tayla.

Chapitre 14

Il était difficile de sidérer un dragon de cinq cents ans. Mais faire l'amour à Tayla avait ébranlé Baine jusqu'au tréfonds de son âme.

Qui aurait deviné que la sensation de son corps svelte collé contre le sien libérerait son feu de dragon au point de brûler les draps et de faire rosir la peau ivoirine de Tayla ? Ou qu'il éprouverait le besoin des plus inattendus de pleurer à la seule pensée que cette femme soit désormais unie à lui à jamais ?

Alors pas étonnant que la dernière chose qu'il avait souhaitée soit de quitter son lit où il serrait dans ses bras une Tayla nue.

Malheureusement, il avait assez repoussé la confrontation avec son père impitoyable.

Synge avait beau être un chasseur rusé qui comprenait la nécessité de la patience, il n'attendrait pas éternellement. Tôt ou tard, il passerait à l'action pour s'emparer de Tayla.

Probablement plus tôt que tard.

Voilà pourquoi Baine s'était obligé à prier Tayla de s'habiller pendant qu'il enfilait son pantalon et demandait à Char d'amener Fist dans la salle du trône.

À présent, il était assis dans son fauteuil massif avec Tayla debout à côté de lui, de nouveau guindée et bien comme il faut avec son pull et ses perles. En silence, il examina l'homme agenouillé à ses pieds.

La tête baissée, Fist envoya mentalement le message que Baine lui avait ordonné de transmettre.

Finalement, il leva les yeux pour croiser son regard féroce.

— Avez-vous réussi à entrer en contact avec Synge ? s'enquit Baine.

Fist acquiesça. Les jours qu'il avait passés dans les cachots n'avaient pas été particulièrement cléments avec l'ancien soldat. Celui-ci semblait plus mince et ses yeux étaient cernés de noir.

Mais il était encore en vie, ce qui était plus qu'il ne méritait.

— Oui, Monsieur, lui assura Fist. Il croit que vous vous préparez à commencer la vente aux enchères pour la sidhe.

— Bien.

Sans tenir compte du petit cri de Tayla, Baine adressa un signe à Char qui se tenait juste derrière Fist.

— Ramène-le dans les cachots, puis attends mon signal. Dès que j'aurai l'accord de Synge, j'aurai besoin de toi pour gérer les détails.

Char hocha la tête et empoigna Fist par la peau du cou pour le relever sans ménagement. Une fois que les deux hommes eurent quitté la salle, Baine esquissa de la main un geste tranchant.

Aussitôt un portail se forma.

Il se leva et tendit la main. Après avoir hésité un instant, Tayla plaça ses doigts contre sa paume. Baine s'empressa de l'entraîner dans le portail, conscient qu'elle nourrissait déjà des doutes.

Une réaction compréhensible, étant donné qu'il lui avait fourni peu d'informations au-delà du fait qu'ils allaient rencontrer son père.

Ah ouais, ainsi que le petit mémo comme quoi Synge voulait sa mort.

Il avait décidé de garder pour lui son plan hâtif. Elle était assez terrifiée, putain de merci beaucoup.

Franchissant le portail, ils sortirent dans le jardin de derrière de la jolie maison victorienne de Tayla, que baignait le clair de lune argenté.

À l'intérieur, Baine entendait les ouvriers qu'il avait envoyés un peu plus tôt pour nettoyer et réparer les dégâts causés par les trolls. Non qu'il veuille que Tayla revienne vivre là. La place de la sidhe se trouvait dans la sécurité offerte par son repaire. Mais il savait qu'elle serait perturbée si la maison qu'elle avait créée se délabrait.

S'écartant de lui quand il lui lâcha la main, Tayla se mordit la lèvre inférieure en jetant un coup d'œil aux rosiers soigneusement taillés. Elle songeait à coup sûr à l'immense bouleversement de son existence.

C'était l'une des raisons pour lesquelles il l'avait conduite là.

Il souhaitait qu'elle dise adieu à son ancienne vie.

Alors seulement elle serait prête à accepter leur avenir ensemble.

— Tu es certain que ça va marcher ? murmura-t-elle.

— Fais-moi confiance, lui assura-t-il, résistant à l'envie de la prendre dans ses bras.

Il voulait être en mesure de riposter en cas d'attaque.

Mieux que quiconque il savait que le danger rôdait dans les ténèbres.

— À toi, je te fais confiance, répondit-elle d'une voix basse. Mais ton père… (Les bras serrés sur son ventre, elle frémit, incapable de masquer sa peur.) Tu as dit toi-même qu'il cherchait à me tuer.

Des flammes dansèrent sur son torse nu avant qu'il ait pu contrôler son accès de colère. Personne ne ferait de mal à Tayla. Peu importait qui il devrait supprimer.

— C'était avant que je lui aie parlé, jura-t-il.

Elle écarquilla les yeux quand une explosion de chaleur balaya le jardin.

— Je crois qu'il est arrivé, souffla-t-elle.

Baine se déplaça pour se tenir devant elle alors que son père sortait d'un portail.

— Reste derrière moi, murmura-t-il.

— Ne t'inquiète pas.

Tayla posa la main sur le bas de son dos, comme pour se réconforter.

Il sentit un profond bonheur le traverser. Il ne voulait pas qu'elle soit effrayée. Par l'enfer, cela le rendait fou de penser qu'elle puisse connaître ne serait-ce qu'une seconde de peur. Mais savoir qu'elle dépendait de lui pour se rassurer avait quelque chose d'intensément satisfaisant.

À pas circonspects, l'homme imposant s'avança vers Baine, son visage bestial durci par la détermination.

— Bienvenue, Sire, murmura Baine.

Plissant ses yeux argentés, Synge tourna son attention vers la demeure d'où provenait un martèlement.

— Que se passe-t-il ici ?

— J'aide Tayla à réparer sa maison.

Synge lui adressa un regard perplexe.

— Tayla ?

Baine s'écarta pour dévoiler la femme qui se tenait derrière lui.

— Tayla, permets-moi de te présenter officiellement à mon père, Synge.

— Bonjour, murmura Tayla d'un ton hésitant, ignorant l'importance des paroles de Baine.

Le vieux dragon, cependant, en avait parfaitement conscience. L'œil mauvais, il croisa les bras sur son torse massif, refusant de reconnaître la revendication de Baine.

— Où sont les autres ? demanda-t-il.

Baine arqua un sourcil.

— Quels autres ?

Synge poussa un grognement impatient.

— J'ai entendu dire qu'une vente aux enchères aurait lieu parmi les trolls ce soir.

— Ah oui, les trolls, répéta Baine d'une voix traînante. Je crains qu'ils ne puissent pas y assister.

C'était puéril, mais il prenait un réel plaisir à tourmenter son père.

— Pourquoi ?

Baine haussa les épaules.

— Parce que je les ai tués.

— Bien. (Il posa son regard argenté sur Tayla.) La vente devrait être bien moins compliquée.

À dessein, Baine se déplaça pour cacher Tayla à la vue de son père. Un avertissement silencieux qu'il devrait lui passer dessus pour mettre la main sur elle.

— Ne souhaitez-vous pas savoir pourquoi ils sont morts ? demanda-t-il.

— Pas particulièrement. (Le sol trembla quand Synge s'avança.) Dis-moi juste ton prix pour la femme.

Tayla se colla contre son dos, son souffle caressant sa peau nue tandis que le parfum de citron acidulé saturait l'air.

— Mais je tiens à vous l'apprendre, insista Baine.

— Bien. (L'homme poussa un soupir exagéré.) Pourquoi sont-ils morts ?

— Parce qu'ils traquaient ma compagne.

Synge serra les poings, des étincelles bleuâtres lui dansant sur le corps.

— Ta compagne ? (Il feignit d'ignorer ce que Baine disait exactement.) Tu l'as donc trouvée ?

— Oui.

Tendant la main dans son dos, Baine ramena Tayla près de lui et, avec possessivité, passa un bras autour de ses épaules. Il s'était bien amusé, mais le moment était venu de redevenir sérieux.

Les flammes s'élevèrent plus haut, réchauffant l'air.

— Cette sidhe ?

Baine poussa un grondement guttural.

— Elle s'appelle Tayla.

Synge balaya de la main son reproche flagrant.

— Tu es certain ?

Avec un petit rire, Baine posa les yeux sur la femme qui avait volé son cœur.

— C'est comme être frappé par la foudre, murmura-t-il. Un homme ne peut pas se tromper sur cette sensation.

Synge serra les dents. Il n'avait jamais choisi d'épouse, mais comme tous les dragons il avait entendu parler du lien inaliénable qui était créé lors d'une union.

— Non, je suppose que non, reconnut-il enfin.

— Acceptez-vous ma présentation officielle ? demanda Baine.

Synge plissa les yeux. La tradition lui imposait d'accueillir la compagne de son fils. Mais sa peur pour son trésor l'incita à continuer à se battre contre l'inévitable.

— Tu dois d'abord savoir un truc à son sujet.

Baine se pencha pour effleurer des lèvres les cheveux de Tayla.

— Qu'elle peut créer des portails dans le repaire d'un dragon ?

— Tu es au courant ? s'étonna Synge.

— Oui.

— Alors tu as conscience qu'elle constitue un risque, gronda Synge.

Quand Tayla frissonna presque imperceptiblement, Baine lui passa une main réconfortante dans le dos. Cependant, il ne détourna jamais le regard de son père. Il le mettait directement au défi.

— Plus maintenant, affirma Baine. Les trolls et leurs complices sont morts.

Synge secoua la tête.

— Même si tu as éliminé les trolls, ça ne signifie pas qu'ils ne l'ont pas répété à d'autres démons.

Baine laissa son pouvoir couler hors de lui jusqu'à ce que l'air tremble sous l'effet d'une menace implicite.

— Vous pensez vraiment qu'on va tenter d'utiliser ma compagne ?

Synge recula inconsciemment.

— Au moins, dis-moi que tu as découvert comment elle en est capable.

Baine haussa les épaules.

— Sa mère était une Chatri qui a été tuée par des vampires il y a des années.

Synge n'était toujours pas satisfait.

— A-t-elle des frères et sœurs ?

— Aucun d'eux n'a hérité du sang de leur mère, lui assura Baine.

Près de lui, Tayla reposa la tête contre son bras.

— Et même si ça avait été le cas, ils ne ressemblent en rien à mon père. Ce sont tous des faes travailleurs qui ont fondé une famille et dirigent des entreprises prospères.

— J'ai hâte de les rencontrer, princesse, murmura Baine.

Il la sentit se raidir.

— Princesse ?

Il rit doucement, ravi de voir la surprise sur son beau visage.

— Tu as bien du sang royal, lui rappela-t-il en lui embrassant le bout du nez avant de reporter son attention sur Synge.

— Alors, père ?

Après un long silence, celui-ci lui adressa un signe de tête avec lenteur.

— Je consens à ce qu'elle soit ta compagne.

Baine sourit.

— Affaire réglée.

— Qu'est-ce que ça signifie ? demanda Tayla.

— Les dragons se battent régulièrement contre d'autres démons et même entre eux, mais les compagnes et les enfants sont rigoureusement protégés, expliqua Baine, submergé par un sentiment de soulagement.

Tant que son père n'avait pas prononcé ces paroles, il ne pouvait être certain que Tayla serait en sécurité. À présent, il savait sans l'ombre d'un doute qu'elle serait à l'abri même s'il était amené à disparaître.

— C'est notre loi la plus sacrée. On ne peut pas s'en prendre à toi, quoi qu'il arrive. (Il s'interrompit pour scruter l'expression sinistre de Synge.) N'est-ce pas exact, Sire ?

— Tu as gagné, Baine, reconnut son père en le saluant d'un air moqueur. Cette fois.

N'ayant jamais été bon perdant, il se retourna pour rejoindre son portail qui l'attendait.

— Père, appela Baine.

Synge lui lança un regard par-dessus son épaule.

— Quoi ?

— Vous gardez en otage la compagne de Fist.

— En effet.

— Je la veux.

La cupidité brilla dans ses yeux argentés.

— Ça va te coûter cher.

— Je n'en ai jamais douté, répliqua Baine. J'ai autorisé Char à se charger des négociations.

Semblant bien plus heureux à présent qu'il était assuré d'alléger le trésor de Baine de plusieurs coffres d'or, Synge entra dans le portail et disparut.

Le calme de la nuit enveloppa de nouveau le jardin, et Tayla s'écarta assez pour observer le visage de Baine d'un air plein d'espoir.

— C'est terminé ?

— Oui. (Il lui encadra le visage des mains.) Personne n'osera t'arracher à moi.

Un sourire timide ourla les lèvres de Tayla alors que la lueur de la lune miroitait dans ses cheveux dorés. Une joie soudaine transperça le cœur de Baine. Cette magnifique créature était sa compagne.

Maintenant et à jamais.

— C'est gentil à toi d'avoir aidé Fist, murmura-t-elle. Je croyais que tu comptais le garder dans les cachots pour t'avoir trahi.

Il ricana, avant de lui effleurer la gorge du bout des doigts, savourant la sensation de sa peau satinée.

— C'est trop facile.

— Tu trouves que croupir en prison c'est facile ? s'enquit-elle, les sourcils froncés.

Il haussa les épaules.

— J'ai un bien meilleur moyen de le punir.

Elle sembla soudain méfiante.

— Que comptes-tu faire ?

— Il va être chargé de garder Odel sur le droit chemin.

Tayla le regarda fixement un long moment. Et encore un autre.

— Il va servir de baby-sitter à mon père ?

— Oui, reconnut Baine sans s'excuser.

Il devait donner une leçon à Fist et il ne voyait pas pire châtiment que de passer le prochain siècle à veiller à ce que le sidhe accro à la boisson et aux jeux se tienne à carreau.

— C'est… (Tayla éclata soudain de rire) diabolique.

— Voilà deux problèmes de réglés, dit Baine en haussant les épaules, avant de grimacer en sentant l'odeur de granit qui satura l'air.

Tournant la tête, il regarda la gargouille naine sortir de la maison en se dandinant et suivre l'allée qui traversait le jardin.

— Il n'en reste plus qu'un maintenant, grommela-t-il.

Tayla se dressa sur la pointe des pieds pour déposer un baiser sur la joue tendue de Baine.

— Sois gentil, le réprimanda-t-elle, grisée de bonheur.

Non seulement elle avait obtenu comme compagnon un dragon splendide et sexy, mais elle n'était plus traquée. Pour la première fois en vingt-cinq ans, elle pouvait enfin respirer.

— Je suis gentil, gronda Baine, foudroyant toujours du regard la gargouille qui approchait. Elle est encore en vie, non ?

Tayla leva les yeux au ciel avant de virevolter pour regarder Levet s'arrêter à côté d'elle.

— *Ma belle**, la maison sera magnifique quand les travaux seront terminés, dit-il, battant des ailes d'enthousiasme.

Tayla ne l'en blâmait pas. Les elfes ne réparaient pas juste les dégâts, ils avaient construit un merveilleux jardin d'hiver agrémenté de fines herbes et de fleurs qui poussaient tout au long de l'année.

— J'ai hâte de pouvoir à nouveau goûter tes délicieux scones, poursuivit-il.

Soudain, Baine enroula le bras autour de la taille de Tayla pour l'attirer tout contre lui.

— À partir de maintenant, personne à part moi ne mangera les scones de Tayla, rugit-il.

— Baine, protesta-t-elle dans un murmure, son contact lui procurant un frisson.

La tête penchée de côté, Levet la scruta avec une curiosité manifeste.

— Est-ce vrai ?

— Je ne le tournerais pas précisément en ces termes, répondit-elle. Mais je compte bien m'installer avec Baine. J'espérais que tu resterais ici pour garder un œil sur la maison.

Elle ne tenta pas de se libérer de l'étreinte de Baine. Pourquoi en serait-il autrement ? Il n'existait aucun endroit où elle rêvait plus d'être.

Levet écarquilla ses yeux gris de surprise, ravi.

— *Moi** ?

— Bien sûr.

Elle lui adressa un doux sourire. Ce minuscule démon s'était révélé un ami fidèle et, malgré l'opinion loin-d'être-élogieuse de Baine, Tayla n'oublierait jamais sa gentillesse.

— Tu as bien une toute nouvelle entreprise à gérer, ajouta-t-elle.

— En effet, s'enorgueillit-il, gonflant son étroite poitrine. Mais d'abord je dois m'acquitter d'un petit devoir.

Tayla eut presque peur d'en savoir plus. Les obligations de Levet le plongeaient parfois dans de sérieux ennuis.

— Lequel ?

— Une jeune fae à Londres attend d'être secourue. Mes jours de C.F.D. ne sont pas encore finis. (Levant le bras, Levet saisit la main de Tayla et y déposa un baiser furtif.) *Au revoir, ma belle**.

Avant que Tayla ait pu lui demander des précisions, Levet battait ses ailes de fée et se dirigeait vers le ciel émaillé d'étoiles.

— C.F.D. ? s'enquit Baine alors que la gargouille disparaissait rapidement à la vue.

— Chevalier sur son Fier Destrier, expliqua-t-elle avec un petit sourire.

Baine ricana.

— Rentrons à la maison.

— Oui, souffla-t-elle, le cœur gonflé de bonheur.

Lui prenant la main, il porta ses doigts à ses lèvres pour y déposer un baiser brûlant avant de l'entraîner dans le portail qui attendait.

Un instant, des ténèbres épaisses les enveloppèrent, puis ils sortirent dans la chambre de Baine. Aussitôt, la tension de Tayla s'apaisa.

Lorsqu'elle était dans son repaire, elle se sentait toujours en sécurité.

Chérie…

Et délicieusement grisée.

Percevant, elle l'espérait, son désir enthousiaste, Baine lui fit traverser le sol de mosaïque.

— J'ai une surprise pour toi, murmura-t-il.

Tayla sourit alors qu'un frisson de plaisir anticipé lui secouait le corps.

— Je suppose que ça n'a rien à voir avec un lit et… (les mots lui manquèrent quand elle aperçut le bagage posé sur le bord du matelas) ma valise ?

Lui effleurant le front des lèvres, il l'invita à approcher.

— Ouvre-la.

Marchant avec lenteur, elle s'arrêta près du lit et en souleva le couvercle. Scrutant à l'intérieur, elle éprouva une pointe de confusion.

— Elle est vide, dit-elle.

— Exactement.

S'avançant, Baine tendit la main pour fermer la valise et la poser par terre. Puis, avec douceur, il fit tourner Tayla pour plonger son regard de braise dans le sien.

— Plus de bagages prêts. Plus de plans de fuite. Tu es ici pour rester.

Elle sentit son cœur fondre. Il se rappelait.

Quoi d'étonnant à ce qu'elle l'aime si désespérément ?

Soutenant son regard, elle se jeta à son cou.

— Pour toujours ?

Il l'empoigna par les hanches, l'attirant contre son érection frémissante.

— Pour toujours.

Tayla soupira d'aise alors que Baine baissait la tête pour s'emparer de ses lèvres en un baiser chargé d'une exigence brûlante.

Après avoir tenté d'échapper à son destin ces vingt-cinq dernières années, elle en avait fini de fuir. À partir de cet instant, elle restait exactement là où se trouvait sa place.

Dans les bras de son dragon…

FIN

Achevé d'imprimer en février 2016
Par CPI France
N° d’impression : 3016390
Dépôt légal : mars 2016
Imprimé en France
81121676-1